Une héritière pour trophée

ANNIE WEST

Une héritière pour trophée

Traduction française de
ISABELLE DONNADIEU

AZUR

HARLEQUIN

Collection : Azur

Titre original :
SIGNED, SEALED, MARRIED

HARPERCOLLINS FRANCE
83-85, boulevard Vincent-Auriol, 75646 PARIS CEDEX 13
Service Clients — https://www.harlequin.fr/contenu/contactez-nous
ISBN 978-2-2805-1632-7 — ISSN 0993-4448

Édité par HarperCollins France.
Composition et mise en pages Nord Compo.
Imprimé en juin 2025 par CPI Black Print (Barcelone)
en utilisant 100% d'électricité renouvelable.
Dépôt légal : juillet 2025.

MIXTE
Papier
FSC FSC® C159065

Pour limiter l'empreinte environnementale de ses livres, HarperCollins France s'engage à n'utiliser que du papier fabriqué à partir de bois provenant de forêts gérées durablement et de manière responsable.

Prologue

— Ces options sont prometteuses. Vous avez fait un excellent travail.

— Toute l'équipe sera heureuse de l'entendre, merci, répondit son responsable du service acquisition. Évidemment, une des options vous garantit plus de profits que les autres.

Adam acquiesça.

— J'étudierai tous les dossiers avant de prendre ma décision.

L'argent était sa principale motivation depuis qu'il était adolescent. Il avait travaillé très dur pour arriver là où il était aujourd'hui, économisant, prenant des risques calculés et construisant peu à peu un empire commercial qui avait sauvé sa mère de la misère et l'avait fait entrer dans le classement des hommes les plus riches d'Australie.

Désormais, cependant, il ne recherchait plus uniquement les profits. L'argent n'était plus sa préoccupation première. Il veillerait malgré tout à ce que sa future acquisition soit aussi fructueuse que le reste du portefeuille de la Wilde Holding.

Son conseiller parti, Adam s'installa pour examiner attentivement les différentes options. Il rejeta d'emblée la perspective d'acheter une maison de haute couture, la mode ne l'intéressait pas. Il lui restait donc le choix entre une maison de champagne qui produisait des cépages raffinés depuis des siècles, une start-up qui promettait de révolutionner le marché des voitures de sport, une entreprise de construction navale qui fabriquait de luxueux yachts et une société de cosmétiques et de parfums dont le nom était synonyme d'élégance.

La cerise sur le gâteau de sa réussite serait l'acquisition d'une entreprise synonyme de luxe dans le monde entier.

Aujourd'hui, l'argent ne lui suffisait plus, ni le succès. Il voulait pénétrer le cercle restreint des vieilles fortunes, et quel meilleur moyen de prouver qu'il était arrivé au sommet que de devenir propriétaire d'une entreprise attirant l'élite mondiale ?

Il avait presque décidé d'opter pour l'entreprise de construction navale lorsqu'il ouvrit le dernier dossier, celui de la célèbre Maison Fontaine, entreprise de cosmétiques dirigée par la même famille française depuis des générations. Il la connaissait mal, même si sa mère adorait leurs produits. La société était florissante, ou du moins elle l'était jusqu'à récemment, lorsque de mauvaises décisions l'avaient entraînée au bord du gouffre.

Son intérêt diminua jusqu'à ce qu'il clique sur un lien et tombe sur la vidéo d'une conférence de presse de l'entreprise.

La jeune femme sur l'estrade n'avait pas besoin de micro pour attirer l'attention du public, ou la sienne. Son visage impassible, tandis qu'elle attendait que les journalistes s'installent, le fit instantanément se redresser sur son siège.

Le visage de la jeune femme était plus attirant que beau, avec une peau sans défaut, des sourcils bien marqués et une bouche sensuelle sous un nez aquilin. Ses cheveux blonds étaient élégamment tirés en arrière. Elle portait une simple robe noire qui mettait en valeur sa silhouette parfaite. Cette femme possédait ce privilège de la naissance qu'il n'avait jamais eu, la classe.

La femme se présenta sous le nom de Gisèle Fontaine, P-DG par intérim de la Maison Fontaine. Son expression ne trahissait qu'aisance et confiance et sa posture était parfaite, comme si elle n'avait pas le moindre souci. Et pourtant, les chiffres qu'il avait découverts dans le dossier confidentiel étaient particulièrement mauvais.

Lorsqu'elle parla enfin, son ton lui parut raisonnable, mais avec un timbre légèrement rauque qui lui donna la chair de poule. Sa gorge se noua et son intérêt augmenta.

Il regarda la jeune femme repousser les questions avec une politesse détachée et un sourire réfléchi. À quoi ressemblerait-elle si quelqu'un osait perturber son monde ordonné ? Il avait l'impression que rien ne pourrait jamais la déstabiliser.

L'interview se termina et il allait refermer le lien lorsque Gisèle Fontaine sourit à un des journalistes. Son séduisant visage s'illumina, ses prunelles se mirent à briller et la réserve qu'il avait observée quelques minutes plus tôt se transforma en une sensualité qui réveilla tous ses sens.

Comme hypnotisé, il fixa l'écran, bouche bée. Par ce sourire, Gisèle Fontaine n'avait pas seulement réveillé ses bas instincts masculins, elle lui avait apporté la preuve que cette entreprise était celle qu'il recherchait.

Méthodiquement, il relut le rapport, révisant son évaluation précédente, et fit quelques recherches sur la famille Fontaine.

Âgé d'une trentaine d'années, Julien Fontaine avait repris l'entreprise après le décès de son grand-père. Depuis quelques mois, il s'était néanmoins mis en retrait, laissant sa jeune sœur Gisèle le remplacer.

Songeur, il passa une main sur ses joues mal rasées avant de se redresser, sûr de lui, et de décrocher son téléphone.

— Lien, achetez-moi un billet d'avion pour la France et organisez-moi le plus rapidement possible un rendez-vous avec Gisèle Fontaine.

1

Le rendez-vous était fixé non pas au siège de la Maison Fontaine à Paris, mais à Nice, à proximité de la distillerie de parfums de l'entreprise.

Adam descendit de sa voiture de sport et remit ses clés à un voiturier avant d'entrer dans un grand hôtel typique de la Belle Époque qui occupait un emplacement de choix sur la célèbre promenade des Anglais, face à la baie des Anges.

Pour être honnête, son choix de cet établissement pour déjeuner l'étonnait. L'hôtel était réputé et très beau mais peut-être un peu vieillot pour une femme d'une vingtaine d'années.

Elle connaissait sa fortune, il faisait partie des hommes les plus riches de son pays, alors sans doute avait-elle pensé qu'il faudrait plus qu'un simple restaurant pour l'impressionner. Ou peut-être cet hôtel était-il un terrain familier pour elle, un endroit où venait sa famille depuis des générations. Enfin, l'essentiel était qu'elle comprenne à quel point sa société avait besoin de lui, un homme disposant du sens des affaires nécessaire pour redresser la Maison Fontaine.

Il passa une main dans ses cheveux puis tourna le dos à l'hôtel. De l'autre côté de la route s'étendait la Méditerranée, étincelante. La baie des Anges était célèbre mais il préférait les immenses plages de sable doré de son pays natal. Il rebroussa chemin. L'hôtel possédait peut-être un certain prestige mais il était plus à l'aise dans la villa qu'il avait louée.

Sous le contrôle de la même famille depuis des générations, la Maison Fontaine vivait-elle, comme l'hôtel, dans le passé ?

En tout cas, il était temps de faire entrer la Maison Fontaine dans la modernité et il relèverait ce défi.

— Fais de ton mieux, Gigi. Si nécessaire, n'hésite pas à le repousser et appelle-moi après.

Gisèle percevait de la nervosité dans la voix de Julien et aurait voulu pouvoir rassurer son frère. Hélas, ni l'un ni l'autre ne pouvait faire quoi que ce soit. Ils n'avaient plus d'autres solutions, aucune autre piste qui permettrait de dégager rapidement des bénéfices et de sauver l'entreprise.

— Tu peux compter sur moi, répondit-elle.

Julien pouvait-il vraiment compter sur elle ? Même si elle était en mesure de négocier, elle était une scientifique, plus à l'aise dans un laboratoire que face à des magnats des affaires.

— Je m'en veux tellement de te mettre dans cette position.

— Ne dis pas de bêtises !

Gisèle balaya du regard la salle du restaurant. Les lieux lui rappelaient tant d'agréables déjeuners avec son grand-père.

— Rien n'est plus important que ton traitement, reprit-elle à voix basse. Pas même l'entreprise.

— Je me sens tellement coupable de l'avoir perdue alors qu'elle était toujours transmise...

— De père en fils et de génération en génération, je sais.

Bien que leur père n'ait jamais dirigé la Maison Fontaine, il y avait travaillé de nombreuses années. Julien l'avait héritée de leur grand-père et elle y travaillait également. La Maison Fontaine n'était pas qu'une entreprise, c'était le lien entre tous les membres de la famille depuis près de deux siècles.

— Mais la perdre parce que je n'étais pas à la hauteur...

— Tu étais malade, tu n'avais d'autre choix que de déléguer.

Malheureusement, ceux à qui il avait délégué ses pouvoirs avaient pris des risques inconsidérés, se lançant dans une expansion mal préparée au moment même où les économies du monde entier étaient au bord du krach.

La culpabilité l'assaillit. Elle comprenait le désir de son frère de combattre sa maladie en privé. Le besoin de solitude pour affronter les épreuves de la vie était ancré en eux, en partie à cause d'une trop grande attention de la part de la presse lorsqu'ils étaient plus jeunes.

Absorbée par son propre travail et ne disposant pas des compétences nécessaires pour gérer l'entreprise, elle n'avait pas pu la sauver. Elle avait malgré tout fait ce qu'elle avait pu pour représenter Julien en public, car que serait la mythique Maison Fontaine sans un membre de la famille pour la représenter ?

— Écoute, Julien, je dois y aller.

Elle devait surtout se ressaisir.

— Il va arriver d'une minute à l'autre.

— Bonne chance. Appelle-moi après le déjeuner.

Tout se passerait bien, elle n'avait aucune raison de s'inquiéter. Ce déjeuner avait été préparé en coulisses par des personnes qui comprenaient parfaitement les subtilités de la finance, des contrats et du droit des sociétés.

Malgré tout, elle était tendue. Elle se redressa sur sa chaise, résistant à l'envie de passer la main dans ses cheveux.

« Une dame ne se pomponne jamais en public », avait l'habitude de répéter sa mère.

Facile à dire pour celle-ci. À son époque, elle avait été l'une des plus belles femmes du monde. Sa mère avait néanmoins raison sur un point. L'assurance comptait. Elle avait appris à ne pas révéler son manque de confiance à quiconque.

— Madame Fontaine.

La voix profonde la fit tressaillir.

Elle leva les yeux et, instantanément, le monde autour d'elle disparut. Elle reconnaissait l'homme d'affaires australien parce qu'elle avait fait quelques recherches. Elle avait même dérogé à sa règle et lu les journaux à scandale pour obtenir le plus d'informations possible sur celui qui s'apprêtait à arracher la Maison Fontaine à sa famille.

Pouvaient-ils lui faire confiance lorsqu'il affirmait qu'il sauverait l'entreprise sans la démanteler ? Cet homme était un requin de la finance réputé pour liquider les entreprises qu'il achetait et n'en garder que les actifs dégageant des profits.

Elle le dévisagea. Il n'avait pas la même apparence que sur les photos. Celles-ci ne révélaient pas son charisme.

— Monsieur Wilde. Comment allez-vous ?

Elle se leva et tendit la main, étonnée de découvrir qu'il la dépassait d'une tête, et pourtant elle était grande.

Ses yeux vert émeraude la scrutaient sous d'épais sourcils noirs. Ses cheveux étaient également noirs, et ondulés. Son nez avait visiblement été cassé, il était tordu, ce qui lui donnait un air de dureté, encore renforcé par sa barbe de trois jours.

Il lui faisait un peu penser à un pirate. Et à sa connaissance, les pirates n'en avaient que faire des règles.

Sa veste en cuir et sa chemise noire, dont les premiers boutons ouverts révélaient un torse bronzé, renforçaient encore cette impression. Il était si différent des hommes d'affaires en costume sévère qu'elle fréquentait d'habitude !

Un frisson lui parcourut l'échine lorsque ses yeux perçants se fixèrent sur elle. Elle continua néanmoins à sourire, même lorsqu'il resserra sa grande main autour de la sienne et que ce frisson se transforma en une explosion de sensations inouïes.

— Je suis heureux d'enfin vous rencontrer, lui lança-t-il avec conviction, comme s'il le pensait vraiment.

Il veut s'emparer de ton entreprise, ne l'oublie pas.

— Je vous en prie, asseyez-vous.

Au lieu de s'asseoir en face d'elle, il s'installa sur la chaise perpendiculaire à la sienne. Pourquoi ?

— Notre discussion est confidentielle, murmura-t-il. Je me méfie des oreilles indiscrètes.

Elle pouvait difficilement s'opposer à sa logique, même si

les lueurs dans ses yeux verts suggéraient qu'il s'agissait d'une manœuvre délibérée pour lui faire perdre ses moyens.

Un serveur leur apporta les menus et elle décida de se concentrer sur ce qu'elle allait manger plutôt que sur Adam Wilde. Malheureusement, elle n'arrivait pas à se détendre. Malgré l'aisance dont il faisait preuve, son regard était vif et, elle s'en doutait, son cerveau aussi. Adam était un self-made-man réputé pour son caractère impitoyable qui lui avait permis de bâtir un empire à partir de rien.

Elle ignora le petit frisson qu'elle ressentait à l'idée que la Maison Fontaine soit à sa merci et décida d'orienter la conversation vers des eaux plus sûres. Le long vol depuis l'Australie, la baie de Sydney sous le soleil...

Wilde attendit que le serveur apporte les boissons, de l'eau gazeuse pour elle et de la bière pour lui, avant de se tourner vers elle. Il était bien trop grand pour cette petite table. Son genou frôlait sa cuisse et ses larges épaules lui bloquaient la vue sur la salle.

Cet homme imposant semblait prendre plaisir à déconcerter ses adversaires lors des négociations. Mais elle refusait de faiblir.

Le serveur apporta enfin leurs entrées.

— Alors, monsieur Wilde...

— Appelez-moi Adam, s'il vous plaît, et je vous appellerai Gisèle.

Il ne lui avait pas demandé la permission d'utiliser son prénom et elle avait bien envie d'insister pour qu'il utilise son nom de famille. Un nom transmettait un certain pouvoir, du moins lorsqu'il était prononcé par cette voix grave, légèrement éraillée qui lui faisait l'effet d'une caresse.

— À moins que vous n'insistiez pour que je vous appelle madame Fontaine ?

Elle aperçut un changement dans son expression, des lueurs de dureté dans son regard, et se reprit. Ce n'était pas le moment d'offenser le seul homme capable de sauver l'entreprise.

— Vous pouvez m'appeler Gisèle.

Elle se força à sourire.

— J'allais simplement dire que vous n'aviez pas fait tout ce chemin pour parler de la pluie et du beau temps. À propos de votre proposition...

— J'ai l'impression que vous êtes pressée de vous débarrasser de l'entreprise que votre famille a bâtie.

L'air malicieux, il haussa un sourcil avant de déguster une noix de Saint-Jacques.

— Parlez-moi plutôt de vous.

Un mélange d'incrédulité et d'indignation l'envahit.

Elle n'avait aucune envie de se séparer de l'entreprise ! Cette idée lui brisait même le cœur, elle lui donnait l'impression de trahir son grand-père et tout le personnel de la Maison Fontaine. C'était en effet dans les champs environnants et dans la distillerie de parfum qu'elle avait vécu ses plus beaux souvenirs d'enfance. Perdre l'entreprise, c'était perdre une partie d'elle-même, c'était dire adieu à son enfance.

— Vous vous trompez, monsieur Wilde... Adam. Nous ne sommes pas pressés de céder la Maison Fontaine. Mais nous sommes ici pour discuter affaires, alors vous parler de moi ne me paraît pas pertinent.

Il haussa les épaules, un geste nonchalant mais qui lui rappelait le pouvoir qu'il détenait. Tout dépendait de son accord et sans lui, pas de contrat. La Maison Fontaine cesserait ses activités et ses employés seraient au chômage.

— Parlez-moi de vous, Gisèle. Cela m'intéresse.

Elle l'observa attentivement. Essayait-il de la déstabiliser ?

— Que voulez-vous savoir ?

Il fit un geste de la main en direction de son assiette encore intacte.

— Vous n'avez pas faim ?

Non, elle n'avait pas faim ! Elle était tellement nerveuse que son estomac faisait des sauts périlleux dans son ventre. Elle se força néanmoins à couper un morceau de quiche et à le mâcher lentement.

— La Maison Fontaine est une entreprise familiale. Vous connaître me donnera donc une meilleure idée de la situation.

D'accord, elle travaillait pour la Maison Fontaine mais celle-ci existait depuis des générations. Il avait forcément fait quelques recherches sur l'entreprise, avant de lancer sa proposition d'achat.

Elle jeta un coup d'œil discret dans sa direction. Son charisme était si puissant qu'il lui faisait perdre le fil de ses pensées.

— Mon frère...

— Peu importe votre frère. C'est vous qui m'intéressez.

Son regard se fit plus perçant.

Elle avait l'habitude d'être dans l'œil du public et avait appris que les gens ne voyaient que ce qu'ils voulaient voir. Cet homme, en revanche, semblait vouloir creuser sous la surface, comme si savoir qui elle était lui importait vraiment.

En même temps, elle avait l'impression qu'il s'amusait et le fait qu'il l'ait choisie pour se distraire l'horripilait. Malheureusement, sa fierté ne pouvait pas interférer dans ces négociations. Elle s'en tiendrait donc aux généralités. Elle ne partagerait rien de personnel avec cet homme qui la rendait si nerveuse.

— Je suis née à Paris. Mon père travaillait pour la société.

— Et votre mère ?

— Elle était mannequin. Elle est venue en vacances en France après ses études et...

— Elle a rencontré votre père, et elle est restée.

À l'évidence, il était au courant de l'histoire. Elle n'était pas surprise, celle-ci était bien connue. Le public avait toujours été avide de détails concernant la fin tragique de son père et la beauté stupéfiante de sa mère. De son vivant, le couple attirait tous les regards partout où il allait. Aujourd'hui, la presse devait se contenter de colporter des ragots sur Julien et elle, d'inventer des comparaisons entre eux et leurs parents.

Elle avala une nouvelle bouchée de la quiche qui sentait délicieusement bon mais dont elle ne parvenait pas à profiter tant elle était nerveuse.

— Mon père l'a choisie comme mannequin pour une campagne

de la Maison Fontaine. Ils sont tombés amoureux et elle est restée. La campagne a eu un énorme succès.

Sa mère avait été le mannequin le plus populaire de la Maison Fontaine, représentant la marque même après la naissance de ses enfants, avant que son mari ne meure dans un tragique accident d'automobile devant les caméras de télévision, et avant qu'elle ne laisse ses enfants aux bons soins de leur grand-père tandis qu'elle cherchait un homme pour combler le vide laissé dans son cœur par la mort de son mari.

Ses relations avec une série d'hommes très en vue, et très riches, avaient alimenté la curiosité des médias. Tout comme sa mort inattendue d'une pneumonie, sur laquelle la presse continuait de spéculer.

— J'ai grandi à Paris mais je passais tous mes étés dans la région. Les Fontaine étaient à l'origine des agriculteurs qui se sont lancés dans la fabrication de parfums, puis de cosmétiques. Notre principal site de production se trouve dans le sud de la France. Je venais pour la récolte de la lavande, des roses et du jasmin. Mon grand-père m'a enseigné les principes de la distillation, il m'a expliqué comment les essences sont extraites des fleurs pour fabriquer les parfums.

Adolescente, elle était fascinée par le nez, ce parfumeur capable d'imaginer sans cesse de nouveaux parfums.

— Vous êtes très enthousiaste quand vous en parlez.

Pourquoi avait-il l'air surpris ? Pensait-il que sa famille l'avait forcée à travailler dans l'entreprise ? Pensait-il que l'entreprise était un fardeau pour les héritiers Fontaine ?

Il ne pouvait pas être plus éloigné de la vérité, mais elle avait trop d'orgueil pour le détromper. Et puis, quelle importance ? Bientôt, elle chercherait du travail ailleurs. Adam ne les garderait pas dans l'entreprise, Julien et elle. Il embaucherait des partenaires.

— La magie des mélanges de senteurs est fascinante.

— La magie ?

Il haussa les sourcils, visiblement incrédule. Pensait-il qu'elle romançait l'activité de la société dans le but d'obtenir un meilleur accord ? Et puis quoi encore !

Après avoir passé quelques minutes avec lui, elle devinait qu'il ne s'intéressait qu'aux profits et aux biens tangibles. Il n'appréciait pas les miracles de la vie quotidienne tels que le mélange d'essences de fleurs des champs et la création de parfums nouveaux et uniques.

Qu'il ne soit pas capable de comprendre son entreprise bien-aimée lui faisait de la peine. Par leur dur labeur, les membres de sa famille avaient bâti une marque mythique dont ils étaient fiers.

— Pour moi, c'est de la magie.

Elle s'interrompit le temps de faire un signe au serveur, afin qu'il enlève les assiettes, puis reprit :

— Après le lycée, j'ai étudié les sciences et j'ai finalement rejoint l'entreprise. Depuis, j'y travaille.

— Mais vous ne passez pas tout votre temps ici. Je sais que vous assistez à de nombreuses soirées mondaines. Vous êtes l'image de la marque Fontaine.

Perplexe, elle hocha la tête. Elle essayait de percer à jour son ton mais elle n'y parvenait pas.

— Julien et moi, nous nous sommes toujours efforcés de donner une bonne image de l'entreprise.

Malgré le coût personnel. La vue des paparazzis qui s'approchaient, et les cris des photographes pour qu'elle se tourne vers l'objectif, lui glaçaient toujours le sang. Après toutes ces années, elle avait cependant appris à cacher son malaise.

— Je suis surpris que vous ayez le temps de travailler, votre vie sociale me paraît très remplie.

Il semblait croire qu'elle passait son temps à boire du champagne dans des soirées huppées.

Son sang se mit à bouillonner dans ses veines mais elle se força à rester impassible. Il fallait plus qu'une raillerie de la part d'un homme qu'elle ne reverrait jamais pour la mettre mal à l'aise. Elle avait déjà affronté pire.

— Vous seriez surpris de la place que j'occupe.

— Peut-être.

Leur serveur leur apporta leurs plats et elle sourit au jeune homme. Le contenu de son assiette sentait délicieusement bon mais elle se demandait comment elle allait pouvoir manger, la simple idée de nourriture lui donnait la nausée.

Non, pas l'idée de nourriture, Adam Wilde.

Julien et elle avaient espéré laisser l'entreprise entre de bonnes mains. D'après Julien, c'était le cas mais aujourd'hui, rien dans le comportement d'Adam ne la rassurait. Elle avait même l'impression qu'il n'était qu'un arrogant pilleur d'entreprises qui n'apprécierait jamais à sa juste valeur la Maison Fontaine.

Le trouble qui l'envahissait chaque fois que leurs yeux se croisaient devait être du dégoût, ou de la crainte, mais certainement pas de l'attirance.

— Vous étiez impatiente de discuter de l'accord, lança-t-il soudain.

Surprise, elle leva les yeux.

— J'ai une stipulation supplémentaire, continua-t-il. Une stipulation qui ne figurait pas dans le projet initial.

Elle réfléchit rapidement. Tout changement devrait être examiné par Julien et leurs avocats.

— J'ai moi aussi une condition supplémentaire à ajouter.

— Je vous écoute. Quelle est cette condition ?

Elle posa ses couverts et appuya ses mains sur la nappe comme pour s'imprégner de la solidité de la table et rassembler ses forces. Sa gorge était desséchée mais elle résista à l'envie de boire une gorgée d'eau.

— Que le personnel actuel reste en poste.

— Vous attendez de moi que j'accorde un filet de sécurité à tous les employés, même s'ils sont incompétents ?

— Ce n'est pas ce que je vous demande. Je ne suis pas naïve à ce point, Adam.

Elle fit une pause, momentanément distraite par la sensation de son nom sur sa langue.

— Je ne peux pas me porter garante de tous les employés, mais j'en connais certains depuis que je suis enfant. De toute façon, les quelques employés incompétents sont déjà partis.

Notamment les responsables qui avaient mis la Maison Fontaine dans cette situation financière difficile.

— Notre main-d'œuvre est dévouée et qualifiée, vous ne trouverez pas mieux, mais je ne vous demande pas d'accepter leur maintien sans condition.

— Je vous écoute.

— Notre entreprise dispose d'un efficace système d'évaluation des performances. Les résultats insuffisants font l'objet d'un suivi et peuvent donner lieu à des conseils, à une formation et, dans de rares cas, à un licenciement. Tout ce que je demande, c'est le maintien de ce système qui fonctionne.

— Vous vous souciez de vos employés.

Ce n'était pas une question mais elle percevait quelque chose qui ressemblait à de la surprise dans sa voix, et une lueur de calcul dans ses yeux. Allait-il utiliser cette révélation contre elle ? Il détenait déjà tout le pouvoir, ils le savaient tous les deux. Cette rencontre n'était qu'une formalité.

— Bien sûr que je me soucie d'eux. Et de l'entreprise.

— Vous désirez ce qu'il y a de mieux pour la Maison Fontaine.

— Naturellement.

— Nous savons tous les deux que le fait que je prenne le contrôle est la seule solution pour sauver l'entreprise.

C'était malheureusement vrai. Julien estimait qu'ils pourraient probablement trouver d'autres acheteurs, mais pas assez rapidement pour garantir l'activité de l'entreprise.

— Continuez. Que voulez-vous ?

Un sourire s'épanouit sur son visage de pirate, la faisant instantanément frissonner de tout son long.

— Vous, Gisèle. Je vous veux, vous.

2

Gisèle Fontaine possédait vraiment une étonnante maîtrise, elle cilla à peine lorsqu'il lui énonça sa demande. Où et comment avait-elle appris à afficher une telle assurance ?

Plus que de l'assurance, elle possédait un incroyable sang-froid qui formait comme un mur invisible autour d'elle. Elle n'était pas arrogante comme il l'avait craint en lisant qu'elle était parfois surnommée « la Reine de Glace ». Par contre, il avait l'impression qu'elle avait appris très tôt à cacher ses pensées et ses sentiments. Pourquoi ?

Sa vie semblait être un livre ouvert raconté depuis sa naissance par une presse fascinée par sa famille mais il devinait que la Gisèle Fontaine publique était loin d'être aussi fascinante que la Gisèle privée.

Chaque instant passé en sa compagnie renforçait sa curiosité car jusqu'à présent, il n'avait pas réussi à lire en elle. Seule la passion avec laquelle elle parlait au nom de ses employés, ses joues rouges et son souffle court trahissaient par moments une certaine vulnérabilité. Jusqu'à ce qu'elle s'en rende compte et qu'elle se force à ralentir sa respiration.

Que faudrait-il pour la contrarier ou lui faire oublier qu'elle était imperturbable ? Le diable en lui avait envie de la voir troublée, confuse… En un mot, humaine.

— Soyez plus précis. Dans quel sens me voulez-vous ?

Elle lui faisait maintenant face, sans la moindre expression sur son visage suggérant qu'elle avait remarqué le sous-entendu sexuel de sa demande.

Son admiration se renforça. Décidément, Gisèle était parfaite pour son plan. Cette femme n'était pas émotive, elle ne perdait pas ses moyens, elle n'était pas agaçante, pas exigeante.

Il savait déjà ce qu'il désirait, avant de venir à Nice, mais cette rencontre lui avait confirmé qu'il avait pris la bonne décision.

— Je souhaite acquérir la Maison Fontaine, mais que serait l'entreprise sans un Fontaine ?

Apercevait-il de l'excitation dans ses yeux bleu-gris ? Non, c'était juste un reflet. Son regard ne révélait rien d'autre qu'une attention polie.

Pour être honnête, il regrettait presque qu'elle ne s'énerve pas. Elle ferait une excellente adversaire dans une négociation difficile ; or aujourd'hui, il avait toutes les cartes en main et leur accord était garanti. Ou presque garanti.

L'excitation l'envahit peu à peu tandis qu'il l'observait le dévisager. La situation lui plaisait. Être le centre d'attention de Gisèle Fontaine lui plaisait, énormément.

Racheter une autre entreprise aurait été une erreur. La Maison Fontaine était celle qu'il lui fallait.

— Vous souhaitez que je continue à travailler pour l'entreprise ?

— Pas en tant que P-DG. Ce n'est pas dans ce domaine que vous avez des compétences. Nous savons tous les deux que ce sont les décisions récentes de la direction qui ont fragilisé l'entreprise.

Cette fois-ci, elle ne rougit pas à l'évocation des mauvaises décisions. Elle continua à le fixer de son regard serein.

Il était surpris. Était-elle vraiment si douée qu'elle soit capable de cacher le moindre de ses sentiments ou bien se fichait-elle de l'entreprise ? Non, elle n'était pas indifférente, son plaidoyer pour les employés quelques minutes plus tôt en était la preuve.

— Vous représentez très bien l'entreprise. Sur une estrade, vous êtes parfaite.

À ces mots, il vit son regard se faire plus perçant, plus noir, et sa mâchoire se crisper. Enfin ! Comme un joueur de poker, il avait l'impression d'être sur le point de gagner une fortune après avoir enfin découvert le point faible de son adversaire.

Elle n'aimait pas qu'il lui dise qu'elle était parfaite sur une estrade ?

— Je le dis de la manière la plus sympathique qui soit, Gisèle. Votre entreprise est synonyme de luxe, d'élégance, et vous possédez cette élégance.

Il ne faisait pas référence à sa tenue, ni à l'éclat de ses discrètes boucles d'oreilles en or. Ses vêtements ajoutaient à sa distinction, bien sûr, mais sa classe était innée.

— Vous voulez que je reste ambassadrice de la marque ?

— C'est une façon de le dire. Je...

Il s'apprêtait à s'expliquer lorsqu'il s'interrompit net, curieux de comprendre la tension qu'il décelait soudain en elle.

Il la regarda inspirer puis reporter son attention sur son assiette et se mettre à manger. À l'évidence, elle tentait de gagner du temps mais pourquoi ?

À vrai dire, sa tentative de gagner du temps ne le dérangeait pas. Il aimait la regarder manger. Ses gestes étaient précis, élégants, et sa bouche si sensuelle qu'elle lui rappelait qu'il n'avait pas eu d'aventure depuis des mois.

— J'apprécie votre proposition et je partage votre opinion, il serait idéal que la famille soit toujours impliquée dans l'entreprise, mais je ne suis pas mannequin. Pour cette raison, je suis obligée de refuser.

— Vous ne m'avez pas bien entendu. Je ne désire pas vous employer comme mannequin, même si j'apprécierais que vous continuiez à apparaître en public. Vous êtes le visage de la Maison Fontaine depuis un certain temps et vous la représentez très bien.

Il n'achetait pas seulement la marque, il achetait également son image, et tout ce qui allait avec.

— Je vous veux comme épouse, Gisèle.

Heureusement qu'elle avait déjà avalé sa bouchée de poulet, sinon elle se serait étouffée.

Il la voulait comme épouse ? Son cœur se mit à battre à une allure folle dans sa poitrine tandis que ses couverts glissaient de ses mains, soudain dépourvues de force, et tombaient bruyamment dans son assiette.

Abasourdie, elle attendit, persuadée qu'il allait ajouter quelques détails lui prouvant qu'elle avait mal entendu. Car elle avait mal entendu, forcément.

En vain. Adam demeura silencieux. Il se contenta de l'observer avant de tendre une main bronzée vers la corbeille de pain.

Il saisit un morceau et elle remarqua une cicatrice rosée le long de son pouce. Elle aperçut également ses dents blanches et parfaitement alignées.

Un frisson glissa depuis sa nuque jusqu'à son intimité en passant par ses seins. Elle déglutit tandis qu'une excitation inédite envahissait chaque parcelle de son corps.

C'était impossible ! Impensable !

Elle pressa ses cuisses l'une contre l'autre, essayant d'étouffer la réaction animale de son corps face à cet homme qu'elle n'aimait pas, qu'elle n'appréciait même pas.

Pourquoi réagissait-elle ainsi ? Cela ne lui ressemblait pas. Elle n'était jamais sexuellement attirée par des inconnus. Jamais. Et pourtant, aujourd'hui, elle ne pouvait nier la réponse de son corps.

Les mots qu'il avait prononcés se remirent à tourbillonner dans son cerveau, lui donnant le vertige.

Sa femme ? Il voulait l'épouser !

Comment réagir ? Elle avait envie de se lever et de quitter la salle, mais c'était impossible. Elle avait surtout envie de prendre une douche pour tenter de laver son corps, d'en éliminer les réactions, mais c'était également impossible.

Elle baissa les yeux et remarqua que ses seins montaient et descendaient au rythme de sa respiration trop rapide. Zut.

Elle ferma les yeux et s'obligea à se reprendre. Heureusement,

Adam ne voyait pas que ses seins étaient tendus ni que ses mamelons pointaient dans son soutien-gorge.

— Je suis désolée de vous décevoir une nouvelle fois, Adam, mais je n'ai pas l'intention de me marier.

Elle attrapa un morceau de pain et le posa dans son assiette.

— Je suis sûr de pouvoir vous convaincre, Gisèle.

Il s'attarda sur son nom et, cette fois, sa voix rauque lui sembla plus douce. Elle lui faisait presque penser à un délicieux caramel rehaussé par un vieux cognac comme ceux que son grand-père avait l'habitude de boire.

Elle cligna des yeux pour se reprendre. Sa réaction était uniquement causée par l'incroyable ego de cet homme. Jamais elle ne l'épouserait. Pourtant, elle avait le sentiment désagréable que le choc qu'elle éprouvait était autant dû à la proposition qu'à l'homme. Il était riche, puissant et séduisant, à condition d'aimer le style pirate. Sans doute pouvait-il obtenir toutes les femmes qu'il désirait d'un simple claquement de doigts, mais pas elle. Jamais.

— Vous ne me persuaderez pas, Adam. Mais ce que je ne comprends pas, c'est pourquoi suggérer de nous marier ? C'est tellement...

— Pratique ? Avantageux ?

— Non ! Rien de tout cela.

Même en Australie, il ne devait pas être habituel de demander en mariage une inconnue, non pas qu'il ait fait une véritable demande. Il avait exprimé un simple souhait, imaginant sans doute qu'elle allait sauter sur l'occasion.

— J'achète une marque ancienne et respectée. Nous savons tous les deux que si ses produits sont sa première qualité, son nom fait aussi beaucoup pour sa renommée. Tout le monde connaît les membres de la famille Fontaine.

Il riva ses yeux aux siens et la fixa avec une telle intensité que la chair de poule la gagna instantanément.

— Vous faites partie de cette famille, Gisèle. Dernièrement, vous avez même été le visage de l'entreprise.

En fait, c'était une jeune femme originaire de Marseille qui était actuellement le visage de l'entreprise. Mais oui, elle avait récemment représenté la Maison Fontaine lors de quelques événements mondains.

— Et alors ? Vous attendez de moi que je renonce à ma vie comme si je n'étais qu'un actif de plus que vous pouviez acheter ?

Quel culot ! Elle avait rencontré beaucoup d'hommes qui se considéraient comme supérieurs mais Adam faisait vraiment partie d'une catégorie à part.

— Êtes-vous en train de m'expliquer que vous êtes sérieusement impliquée avec un homme ?

Il marqua une pause, comme s'il attendait une réponse de sa part. Ne savait-il pas à quel point son hypothèse était improbable ?

— Ou bien partagez-vous simplement une liaison passionnée à laquelle vous ne voulez pas renoncer ?

Tout résumer au sexe... Voilà une attitude typiquement masculine.

Pour être honnête, il avait d'abord évoqué une relation sérieuse. Elle pourrait donc presque lui accorder un bon point. Sauf qu'elle n'était pas d'humeur à accorder le moindre bon point à ce type arrogant !

Elle serra les dents, luttant contre la fureur que lui inspirait son ton faussement raisonnable.

— Je suis à la recherche d'une épouse, reprit-il, une femme équilibrée, élégante, qui ne m'embarrassera jamais en public, une femme qui sera à l'aise parmi les grands de ce monde.

Elle écarquilla les yeux, elle n'en croyait pas ses oreilles.

— Vous pensez que je suis cette femme ?

— Je sais que vous êtes cette femme, je vous ai vue à l'œuvre. Vous ne vous laissez pas impressionner par les journalistes, vous êtes charmante, élégante, séduisante. Vous restez imperturbable en toutes circonstances...

— Ce n'est pas d'une épouse que vous avez besoin mais d'une attachée de presse !

Il esquissa un sourire amusé.

— Je sais exactement ce que je veux. Vous, Gisèle.

C'était une farce. Il ne la connaissait même pas !

— Je ne suis pas à vendre.

Il ne répondit pas. Il se contenta de l'observer avec ce demi-sourire qui l'horripilait.

— Je ne suis pas un actif de l'entreprise inclus dans le contrat.

Elle attrapa son verre et but quelques gorgées d'eau. Si l'avenir de dizaines d'employés de la Maison Fontaine ne dépendait pas de cet accord, elle partirait tout de suite. Le problème, c'était qu'elle avait un devoir envers eux, et envers sa famille.

— Il n'y aura pas de mariage donc revenons-en aux affaires et discutons plutôt du contrat.

Sans attendre sa réponse, elle reprit ses couverts et recommença à manger.

— Je n'en vois pas l'intérêt, rétorqua-t-il.

Surprise, elle leva les yeux et le regarda plier sa serviette et croiser les bras, un geste qui soulignait son impressionnante musculature. À cet instant, il ressemblait davantage à un ouvrier du bâtiment qu'à un homme d'affaires, ce qui n'était pas étonnant. D'après ses recherches, il avait exercé toutes sortes de métiers, y compris celui de maçon, au début de sa carrière.

— Êtes-vous en train de me dire que vous n'avez aucune objection, que le contrat vous convient en l'état ?

— Non, j'ai changé d'avis. Je n'achèterai pas la Maison Fontaine. Pas sans vous.

Il n'était pas sérieux. Il ne pouvait pas être sérieux !

Elle le dévisagea et les poils fins dans sa nuque se dressèrent. Un frisson glacé glissa le long de son dos. Il était bel et bien sérieux. Hélas.

— Sachez, Gisèle, que je dis toujours ce que je pense.

Elle déglutit. Tout à coup, elle avait l'impression que le sol du restaurant venait de s'ouvrir sous elle et qu'elle était en chute libre, comme Alice dans le livre que sa mère lui lisait quand elle était petite. Si seulement elle pouvait se réveiller et découvrir que ce n'était qu'un mauvais rêve… Elle balaya du regard la salle du restaurant, espérant être victime d'une étrange hallucination. Hélas, le murmure des conversations, le tintement des verres et des couverts, les allées et venues des serveurs entre les tables, tout était bien réel. La seule anomalie était Adam Wilde qui exigeait d'elle l'impossible.

— Vous découvririez vite que je suis très généreux, poursuivit-il comme si elle lui avait donné son accord. Le contrat que je vous propose vous assure suffisamment d'argent pour mener le style de vie auquel vous êtes habituée.

Elle ouvrit la bouche mais demeura silencieuse, abasourdie. Elle était à court de mots. Il la considérait déjà comme une simple poupée qu'il pouvait exhiber en public et maintenant, il sous-entendait qu'elle en voulait à son argent ? Il ajoutait l'insulte à la blessure ?

Oui, elle était née dans une famille riche mais elle avait toujours travaillé dur, peut-être même plus que ses collègues. Sans compter que ces derniers temps, Julien et elle avaient consacré la majeure partie de leurs fonds personnels à soutenir l'entreprise.

— Ce n'est pas une question d'argent, monsieur Wilde.

— Appelez-moi Adam, s'il vous plaît. J'espère que je ne vous ai pas offensée.

Elle prit une profonde inspiration. Était-il possible qu'il n'ait pas voulu l'insulter ? Était-il possible qu'il n'ait juste pas compris ce qu'elle ressentait ?

Elle n'était pas un agneau prêt à être sacrifié. Elle était une femme indépendante, elle avait sa vie et ses projets.

— L'image que vous avez de moi ne correspond pas à la réalité, mais je suis sûre que beaucoup d'autres femmes seraient ravies d'accepter votre offre.

— C'est vous que je veux, Gisèle.

Elle réprima un soupir. Elle ne supportait pas son arrogance. Elle la détestait presque autant qu'elle détestait cette partie d'elle, profondément enfouie, qui ressentait une inexplicable excitation lorsque sa voix grave prononçait son nom.

Était-elle en manque de sexe et de sensualité au point de trouver sa proposition excitante ? De toute façon, à voir son expression sérieuse, elle devinait qu'il ne parlait pas de sexualité. Il attendait juste d'elle qu'elle soit le visage de la Maison Fontaine, et qu'elle se tienne à ses côtés en public comme un simple accessoire.

Il ne s'intéressait pas à elle personnellement. Il envisageait simplement un mariage blanc, une union à afficher en public tandis qu'en privé, il satisferait ses besoins avec d'autres femmes.

Lors de ses recherches, elle avait trouvé autant de photos de lui à l'allure professionnelle que de photos de lui au bras de femmes sulfureuses. Elle avait même découvert un cliché pris au téléobjectif sur une plage tropicale. Dessus, sa compagne portait un bikini tandis que lui était torse nu.

Depuis qu'elle l'avait vue, l'image de son corps musclé était gravée dans sa mémoire.

Il ne faisait aucun doute qu'il continuerait à rechercher l'intimité sexuelle où et quand bon lui semblerait. Il ne se tournerait pas vers une femme dont la seule qualité était d'être décorative sur une estrade.

De son côté, elle ne pouvait pas être attirée par un homme comme lui. Impossible. Elle était tellement inquiète pour Julien et la société que ses réactions lui faisaient perdre la tête.

— À quoi pensez-vous ?

Elle leva les yeux et revint au présent.

— Pardon ?

— Vous êtes toute rouge et vos yeux brillent.

— Je cherche juste une façon polie de vous expliquer ma position.

— Inutile de prendre des pincettes avec moi. Dites-moi simplement ce que vous avez sur le cœur.

Son regard était fixe, son expression inchangée, mais elle entendait à nouveau ces notes veloutées dans sa voix profonde.

Elle croisa les bras, résistant à la tentation de lui dire exactement ce qu'elle pensait de lui. Trop de vies dépendaient de cet accord pour qu'elle se lâche.

— Je serais heureuse de négocier un accord pour représenter

l'entreprise pendant un certain temps. Je pourrais par exemple vous accompagner lors des lancements de produits.

À l'idée de passer du temps avec cet homme, un frisson d'avertissement glissa le long de son dos mais elle l'ignora.

— Nous pouvons modifier le contrat en ce sens...

— Ce n'est pas suffisant.

Il se pencha plus près d'elle et son parfum subtil l'enveloppa. Un parfum riche, musqué et très masculin. Lequel ? Malgré son expérience, elle ne parvenait pas à le reconnaître.

— C'est le mariage ou rien.

— Si vous preniez le temps de réfléchir...

— J'ai déjà réfléchi. C'est pour cette raison que je vous rencontre seul aujourd'hui. Par égard pour vous, je pensais que vous préféreriez que nous réglions cette question entre nous.

Par égard pour elle, il suggérait... Non, il exigeait le mariage moins d'une demi-heure après l'avoir rencontrée ?

Elle s'efforça d'étouffer un rire nerveux de peur de ne plus pouvoir s'arrêter.

— Vous connaissez désormais mes conditions. C'est à prendre ou à laisser.

Son amusement s'éteignit instantanément, il n'y avait pas de quoi rire. Au contraire. Et dire qu'elle avait cru que la réunion d'aujourd'hui serait une simple formalité et qu'elle pourrait le persuader de garantir l'emploi du personnel...

Se marier avec un inconnu était impossible mais l'alternative, l'envoyer promener et regarder tout ce que sa famille avait construit s'effondrer était également inenvisageable. Alors que faire ? Son esprit était vide, elle ne savait plus quoi penser.

— Combien de temps ai-je pour vous donner ma réponse ?

Elle avait besoin de temps pour réfléchir.

— Vous avez jusqu'à la fin du repas.

Ils savaient tous deux que la Maison Fontaine avait un besoin urgent d'un sauveur, et il en profitait.

— Vous avez peut-être l'habitude de faire des demandes

déraisonnables mais sachez que dans mon monde, la courtoisie et la décence sont considérées comme indispensables. Vous n'avez aucun droit de lancer une telle demande pour satisfaire un caprice, ou me rappeler que vous détenez le pouvoir.

À sa grande surprise, Adam Wilde n'avait pas l'air contrarié par son emportement. Il semblait même apprécier sa colère.

— Je savais déjà que vous étiez la femme qu'il me fallait, Gisèle, mais vous venez de me le prouver une nouvelle fois.

— Vous étiez en train de me tester ?

— Seulement un peu, rétorqua-t-il en haussant les épaules.

Elle s'enfonça dans son siège. Ses épaules crispées se relâchèrent peu à peu tandis que son cœur ralentissait jusqu'à retrouver un rythme presque normal. Le soulagement l'envahit. Il s'agissait d'un test. Juste d'un test. Ouf !

— Je vous donne jusqu'à demain pour me donner votre accord.

3

Adam remonta l'étroite rue du centre historique de Nice. En cette heure matinale, le quartier était déjà animé.

Même s'il était impatient de conclure un accord avec la Maison Fontaine, il se força à ralentir le pas. Arriver en avance révélerait son empressement, or il était trop avisé pour laisser à Gisèle d'autre choix que d'accepter ses conditions.

Gisèle… La flamme qui s'était allumée lorsqu'il l'avait vue pour la première fois dans l'enregistrement de la conférence de presse, se ralluma.

Jusqu'au moment où il était entré dans la salle du restaurant, la veille, il s'était répété qu'il avait encore la possibilité de renoncer. Il rachèterait la Maison Fontaine parce qu'elle correspondait à ce qu'il recherchait mais concernant son autre projet, prendre Gisèle pour épouse… Son choix n'était pas définitif.

Mais sitôt qu'il l'avait aperçue, il avait su que sa décision instinctive était la bonne. L'épouser était la meilleure idée qu'il ait jamais eue. Gisèle était exactement la femme dont il avait besoin. Sa tête était convaincue qu'elle possédait les qualités qu'il recherchait mais son corps l'était également. Il la désirait comme atout commercial pour l'entreprise, et comme épouse pour lui.

Il ne se souvenait pas de la dernière fois qu'il avait éprouvé une telle réaction dévorante devant une femme.

Gisèle l'attirait plus que tout, sans doute parce qu'elle ne ressemblait à aucune autre femme. Sa libido capricieuse était même montée d'un cran lorsqu'elle lui avait reproché de manquer de courtoisie.

Pendant qu'elle parlait affaires, des idées osées l'avaient envahi. Il l'avait imaginée penchée en avant tandis qu'il remonterait sa jupe jusqu'à ses hanches, écarterait ses longues jambes avant de se perdre dans sa chaleur veloutée jusqu'à ce qu'ils explosent de concert...

Il ferma les yeux et se força à ralentir. Il fallait à tout prix qu'il se calme avant son rendez-vous.

Il chassa tant bien que mal de son esprit les images de plaisir charnel. Heureusement, la concentration et la maîtrise de soi étaient devenues une seconde nature, au fil des ans. Ce contrôle, associé à un travail acharné et à une détermination à toute épreuve, était d'ailleurs à l'origine de son succès.

Il savoura la chaleur du soleil sur ses épaules, s'arrêta devant une savonnerie et repensa à la Maison Fontaine, à ses parfums, à ses lotions. Il imagina le visage de sa mère lorsqu'il lui annoncerait qu'il avait acquis l'entreprise. Elle serait tellement émue, tellement fière.

Pendant des années après la mort de son mari, sa mère s'était tuée à la tâche, jonglant avec plusieurs emplois sous-payés et ne profitant que de quelques samedis de congé.

Ces jours-là, elle les emmenait, sa sœur et lui, faire du lèche-vitrine dans les grands magasins. De temps en temps, elle se faisait maquiller gratuitement dans l'un des stands, toujours avec des produits Fontaine. Le F en relief entrelacé à un brin de lavande sur les bouchons dorés des bouteilles lui faisait encore aujourd'hui penser au sourire de sa mère. Ces jours-là, il lui semblait que, pendant quelques heures, le poids de ses soucis s'envolait.

S'il avait d'abord envisagé l'acquisition d'une autre société que la Maison Fontaine, c'était parce qu'il n'était pas sentimental. Les affaires étaient les affaires, elles devaient être menées avec rigueur et logique. Il n'aurait jamais fait son offre de rachat s'il n'était pas sûr de pouvoir restaurer la croissance de l'entreprise et obtenir un bon retour sur investissement.

Hélas, le contrat n'était pas encore signé. D'ailleurs, peut-être était-ce pour cette raison qu'il n'avait pas bien dormi. Il n'avait pas encore obtenu ce qu'il désirait.

Il se redressa et accéléra, impatient de parvenir à ses fins.

Quelques minutes plus tard, il aperçut enfin Gisèle, assise à la terrasse d'un petit café.

Il lui avait laissé le soin de choisir le lieu de rendez-vous et, encore une fois, elle l'avait surpris. Il s'attendait à un établissement bien plus chic. Peut-être aimait-elle l'illusion de liberté que lui procurait le fait d'être à l'extérieur.

Il s'arrêta quelques instants et l'observa discrètement. Un verre d'eau dans la main, elle semblait songeuse.

Une sensation inconnue dans sa poitrine le troubla.

Hors de question d'avoir le moindre doute. Être intransigeant était nécessaire à sa réussite. Il voulait acheter la Maison Fontaine pour les potentiels profits, et pour le prestige. Il la voulait comme preuve tangible qu'il avait atteint le sommet de la réussite sociale. Malgré tout, il veillerait à ce que Gisèle n'ait pas l'impression d'être la perdante de leur marché.

Il la regarda faire courir ses doigts le long du verre et, instantanément, il imagina sa main fine sur son sexe.

Tous ses muscles se tendirent. Oh ! oui, il la désirait.

Il les sortait, elle et son frère, d'un mauvais pas en sauvant leur précieuse entreprise plutôt que de la laisser être rachetée par d'autres et éventuellement démantelée. Elle trouverait sans aucun doute sa proposition très généreuse.

En attendant, le choix appartenait à Gisèle et rien ne l'empêchait de dire non.

Stop. Il refusait d'envisager cette option.

Il avança et elle l'aperçut enfin. Elle se redressa aussitôt et décroisa les jambes.

Un jour, elle ne l'accueillerait plus comme s'il était son ennemi. Du moins, il l'espérait.

Aujourd'hui, elle était vêtue d'un tailleur-pantalon bleu assorti à ses yeux et de talons aiguilles. Ses seuls bijoux étaient de minuscules boucles d'oreilles en or et une fine chaîne ornée d'une délicate fleur en or qui reposait dans le creux de son cou, soulignant son élégance. Habillée ainsi, elle faisait passer le chic professionnel de terne à séduisant. Et faisait battre son pouls un peu plus vite.

— Vous êtes charmante.

Elle ne réagit pas. N'aimait-elle pas les compliments ?

— Et vous, vous avez l'air reposé. J'ai l'impression que votre séjour en France vous réussit.

— C'est le cas.

En dépit de ses rêves agités, il s'était réveillé de bonne humeur et optimiste.

Sa bonne humeur s'estompa cependant lorsque Gisèle commença à l'examiner avec attention. Le regard sévère, elle le jaugea de la tête aux pieds, depuis son cuir chevelu jusqu'à ses jambes en passant par ses épaules et son torse. Partout où il se posait, son regard allumait des feux d'artifice en lui.

Son regard était pourtant froid, glacial même.

— Asseyez-vous.

Elle l'accueillait avec la même grâce et la même distance qu'une reine recevant un de ses sujets, pas comme l'homme capable de sauver son entreprise.

L'homme qui avait l'intention de l'épouser.

S'était-il trompé, hier, lorsqu'il avait cru qu'elle était sexuellement intéressée, malgré ses efforts pour le cacher ?

Non. Il aperçut des lueurs dans son regard et le soulagement l'envahit.

Il se laissa tomber dans le fauteuil à côté d'elle, surpris de voir à quel point il avait été perturbé par l'idée que son attraction puisse être unilatérale. Heureusement, elle ressentait cette attirance réciproque, elle la ressentait bel et bien, il en avait la certitude. Elle essayait juste de la lui cacher.

Une attitude qui lui plaisait, il était fatigué des femmes qui se jetaient à ses pieds. Une femme qui exigeait des efforts de sa part pour la séduire l'intéressait beaucoup plus.

Ils commandèrent du café et des croissants et il esquissa un sourire. Conclure des affaires sur une terrasse sur la Côte d'Azur présentait quelques avantages.

— J'ai réfléchi à votre suggestion, lança-t-elle enfin. Le mariage.

Ce n'était pas une suggestion mais un ultimatum et ils le savaient tous les deux.

— J'ai eu l'impression que vous cherchiez une partenaire…

Elle avait dit « partenaire » et non « épouse ». Pourquoi ? Elle n'osait pas prononcer le mot ?

— Une partenaire distinguée, reprit-elle. Or vous devez savoir que je ne suis pas aristocrate, les Fontaine sont d'anciens agriculteurs. Je vous suggère donc d'élargir votre recherche.

Apparemment, elle n'était toujours pas prête à accepter ses conditions. Il était partagé entre l'impatience et l'admiration devant son courage. Cela faisait très longtemps que personne ne s'était opposé à lui, mais Gisèle n'était pas du genre à se laisser faire.

— Votre grand-mère n'était-elle pas comtesse ? Enfin, peu importe, les titres de noblesse ne m'intéressent pas.

Ses yeux bleus rencontrèrent les siens et elle le fusilla du regard. Il frissonna mais réprima un sourire. Une telle réaction de la part de cette femme réservée était une première victoire.

Qu'adviendrait-il si elle cessait de refouler ses émotions et les libérait ? Il avait hâte de le découvrir.

— Mon arrière-grand-mère était sans le sou, simplement née avec un titre dans un pays où ils étaient très fréquents.

— Merci pour cette précision mais comme je vous l'ai dit, les titres m'importent peu. Ce sont les personnes qui m'intéressent et vous possédez toutes les qualités que j'attends d'une épouse.

Il se tut et la dévisagea. Quelles pensées se bousculaient dans son cerveau, derrière son masque impassible ?

— Alors, quelle est votre réponse ? Mes avocats attendent de savoir si nous procédons à l'achat ou non.

Songeuse, elle balaya la place du regard.

— Si je devais prendre en considération votre suggestion, j'aurais des conditions.

Naturellement. Il savait déjà que cette femme ne rendait pas les armes facilement.

Dans ce cas-là, comment son entreprise en était-elle arrivée au bord de la faillite ? Gisèle avait-elle été trop têtue pour écouter les conseils ? Ou peut-être les conseils qu'elle avait reçus étaient-ils erronés.

— Je vous écoute.

Elle se retourna et planta son regard acéré dans le sien.

— Avant tout, je veux une garantie d'emploi pour tout le personnel de la Maison Fontaine.

Elle leva la main pour l'empêcher de l'interrompre.

— Je comprends vos inquiétudes mais je veux qu'il soit écrit dans notre éventuel contrat que les règles actuelles d'évaluation s'appliqueront.

— Continuez.

Elle déglutit, le mouvement saccadé de sa gorge révélant sa vulnérabilité. Sous le charme, il se pencha en avant. Il avait hâte qu'ils puissent commencer leur relation, non pas en tant qu'adversaires, mais en tant que... collègues ? amants ?

— Mon frère Julien a travaillé dur pour l'entreprise. Elle représente toute sa vie. J'aimerais donc qu'il conserve un poste de direction.

— Pour sauver sa fierté ?

— Non. Il s'agit juste de faire preuve de considération. Il s'est investi corps et âme dans l'entreprise, personne ne la connaît mieux que lui.

— Il a pourtant quitté son poste de directeur général et vous a laissé la place. Je crois savoir qu'il n'a pas participé aux conseils d'administration depuis un certain temps.

Il avait d'ailleurs regretté que ses enquêteurs n'aient pas réussi à accéder aux ragots internes de l'entreprise concernant les membres de la famille. La loyauté envers les Fontaine semblait être inscrite dans les gènes de tous les employés de l'entreprise. En dehors de la presse, personne n'avait voulu spéculer sur les raisons de l'absence de Julien Fontaine.

En avait-il assez de travailler ? Était-il dépressif ? Vivait-il une histoire d'amour si passionnée qu'il n'avait plus le temps de passer au bureau ? Il savait par expérience que les héritiers d'entreprises familiales prospères ne possédaient pas toujours les qualités nécessaires pour préserver le patrimoine qui leur avait été transmis.

— Je vous assure que Julien est entièrement dévoué à l'entreprise, et très compétent, reprit-elle, le sortant de ses pensées. Prendre un peu de recul n'a rien d'exceptionnel.

Sauf pour les dirigeants, mais il ne le dit pas. Si le prix à payer pour obtenir ce qu'il désirait était de maintenir Julien Fontaine à un poste sans conséquence, il était prêt à l'envisager.

— Et vous ? Voulez-vous continuer à travailler dans l'entreprise ?

— Vous parlez d'un véritable emploi, pas d'un travail de représentation ? En fait, tout dépend des conditions. Si vous voulez que les gens croient à cette union, je devrai m'installer au même endroit que vous. Avez-vous l'intention de vivre en France ?

Elle ne pouvait se résoudre à utiliser le mot *mariage*. Il le regrettait mais n'avait pas le droit d'être contrarié, il ne lui avait pas vraiment donné le choix, ni le temps de réfléchir.

— Dans un avenir proche, oui, même s'il faudra que je m'absente de temps à autre pour aller en Australie ou ailleurs. Alors, est-ce un oui ? Vous voulez continuer à travailler ?

— Bien sûr que je veux travailler ! J'ai d'ailleurs déjà une carrière et elle me plaît.

— De nombreuses femmes se contentent de profiter de la vie.

— Je n'en fais pas partie.

— Alors je vous trouverai un emploi.

D'un geste brusque, elle reposa sa tasse sur sa soucoupe.

— Inutile, j'ai déjà un poste.

— Puis-je vous rappeler que c'est sous votre surveillance, celle de votre frère et la vôtre, que l'entreprise a frôlé la faillite. Vous ne possédez pas les qualités nécessaires pour être P-DG.

Son impatience augmenta. Avait-elle perçu l'intérêt qu'il lui portait et compris qu'il était prêt à lui donner tout ce qu'elle voulait ? Imaginait-elle qu'il cherchait une nouvelle occasion de conduire l'entreprise à la ruine ?

Non. Elle ne pouvait pas le croire aussi stupide.

— Je ne parle pas du rôle de P-DG. Mon véritable poste est celui de cheffe du service de responsabilité sociale. J'ai créé cette unité et j'aimerais poursuivre mon travail.

Pour la première fois depuis ce matin, non, plutôt pour la première fois depuis des années, la surprise le gagna.

Ses enquêteurs avaient omis des informations essentielles concernant l'entreprise. Les avancées de la Maison Fontaine en matière de responsabilité sociale étaient l'une des raisons pour lesquelles il avait été attiré par la reprise. Il savait que Gisèle avait travaillé dans ce domaine mais il l'imaginait à un poste mineur, peut-être comme une stagiaire de luxe.

En fait, son travail était concret. Son implication dans l'entreprise familiale était bien réelle.

En lui, l'agacement en raison de son ignorance le disputait à l'excitation. Chaque révélation sur cette femme le réjouissait davantage. Même sa détermination à lui arracher des concessions augmentait son respect.

— Vous avez un problème avec le fait que j'occupe un emploi sérieux ?

— Aucune. Alors, ce sont vos conditions ? Le maintien de la procédure existante d'évaluation des performances, ainsi que des emplois pour votre frère et vous-même ?

Son regard se posa sur le sien. Un regard brillant mais méfiant.

Bien sûr qu'elle se méfiait. Mais lorsqu'elle le connaîtrait mieux, elle se rendrait compte des avantages de sa proposition.

— Reste un dernier point, reprit-elle en se redressant, masquant tant bien que mal sa nervosité.

— Je vous écoute.

Le visage impassible, elle le regarda droit dans les yeux.

Tous ses sens se mirent en alerte, ce dernier point devait être plus important que les précédents.

— Si j'accepte de vous épouser, je veux que tout le monde ait l'impression qu'il s'agit d'un véritable mariage.

— Ce sera un véritable mariage. Il sera juridiquement contraignant, nous signerons même un contrat prénuptial.

Elle secoua la tête.

— Vous savez très bien ce que je veux dire. Si nous allons à la mairie la semaine prochaine et que nous nous marions, personne ne croira qu'il s'agit d'autre chose que d'un mariage blanc. Personne ne prendra cette union au sérieux et j'imagine que ce n'est pas ce que vous désirez.

Pour être honnête, il n'avait pas beaucoup réfléchi aux questions logistiques. Il s'était concentré sur ses avantages. Acquérir l'entreprise et avoir Gisèle à son bras en public répondait à ses besoins immédiats.

Quant à ses besoins physiques croissants, il se réjouissait de pouvoir les satisfaire en privé.

Mais il était naturel pour elle de ne pas vouloir être considérée comme un simple actif de plus dans l'entreprise, ou comme une chercheuse d'or prête à tout pour profiter de sa richesse. Par fierté féminine, elle voulait que le monde croie qu'elle avait conquis le cœur de l'homme qui avait racheté l'entreprise familiale.

— Vous voulez faire semblant d'être amoureuse ?

Il adorerait qu'elle se blottisse contre lui. Cela lui donnerait l'occasion de briser les barrières qu'elle avait érigées autour d'elle.

Son excitation augmenta d'un cran. Oui, il avait bien l'intention de faire de ce mariage une véritable union.

— Vous préférez que les gens croient que vous m'avez achetée comme un actif supplémentaire de l'entreprise ? Ou pour masquer vos défauts lors d'événements mondains ?

Ses défauts ? Il en avait beaucoup. En général, seuls ses détracteurs en parlaient et pas en sa présence. Gisèle, elle, n'hésitait pas.

— Je me fiche de mes défauts. Je suis comme je suis.

Il n'en revenait pas qu'elle ait compris qu'il gagnerait à l'avoir à ses côtés.

En fait, plus il en apprenait sur elle, plus il était étonné qu'elle ait pu prendre autant de mauvaises décisions, même si présider une grande entreprise n'était pas la même chose que diriger une unité de recherche.

L'essentiel était que rien, ni ses arguments ni sa froideur, n'entamait sa détermination à parvenir à ses fins.

Sa bouche se retroussa lentement en un sourire et ses yeux se mirent à briller.

L'impact de ce sourire était dévastateur. D'un coup de baguette magique, il avait fait disparaître le magnat sans cœur et l'avait remplacé par un homme dont le charisme mettait à mal tous ses arguments, toute sa prudence.

Un frisson lui parcourut le dos avant de se nicher entre ses cuisses. Son sexe se serra et son rythme cardiaque s'emballa.

Ressentait-elle un intérêt sexuel ? Ou était-ce simplement de l'appréciation de sa part ?

L'un et l'autre posaient problème. Elle ne voulait pas être appréciée par cet homme. Elle ne voulait pas qu'il l'attire, et elle ne voulait pas l'attirer.

Elle se força à prendre une profonde inspiration.

Il ne te plaît pas, et il ne peut pas te plaire.

Bien sûr que non. Et elle ne fantasmait pas sur la sensation de ses mains carrées sur ses seins. Elle ne se demandait pas si ses cuisses étaient aussi musclées qu'elles en avaient l'air. Elle ne s'imaginait pas à califourchon sur ses hanches.

Non, non, non. Concentre-toi, Gisèle !

— Personne ne croirait le mariage réel s'il était organisé trop rapidement. Il serait évident qu'il s'agit d'une stratégie commerciale. C'est ce que vous voulez ?

Elle retint son souffle en attendant qu'il réponde, de préférence par la négative. Au bout de quelques secondes, il secoua la tête et l'espoir la gagna.

Un délai lui donnerait le temps de trouver une autre solution car il était inenvisageable qu'elle épouse cette brute qui croyait avoir le droit de s'immiscer dans la vie des gens. Avec un peu de chance, avec le temps, en apprenant à la connaître et en comprenant que jamais elle ne se plierait aux exigences de son ego démesuré, il changerait d'avis.

Elle devait cependant agir avec prudence afin qu'il ne retire pas les fonds qui permettraient de sauver la Maison Fontaine.

Elle le dévisagea. Il semblait pensif.

— Vous voulez que je vous fasse la cour en public, c'est ça ?

— Contentons-nous de faire connaissance en public. Évidemment, si vous voulez que nous fassions parler de nous pour de mauvaises raisons...

— Non, non, vous avez raison. La formalisation de la reprise de l'entreprise exigera de toute façon un certain temps. Mais...

Il s'interrompit et riva son regard pénétrant au sien. À son grand regret, elle avait l'impression qu'il lisait en elle comme dans un livre ouvert.

— Nous signerons un contrat séparé précisant nos devoirs et nos obligations. Vous verrez que je peux être généreux. Bien sûr, vous devrez payer une pénalité si vous revenez sur votre décision après la signature.

Elle réprima un soupir de consternation.

Elle était acculée et c'était exactement ce qu'il désirait. Il était encore plus impitoyable qu'elle ne l'avait entendu dire, et plus sournois. Pas étonnant qu'il ait autant de succès en affaires, il avait évidemment deviné qu'elle chercherait un moyen d'échapper à l'accord.

— Vous n'avez pas confiance en ma parole ?

— Ce n'est pas personnel, ma chérie.

Son pouls s'accéléra en entendant cette marque d'affection. Pourtant, elle savait qu'elle ne signifiait rien.

— L'époque où l'on concluait des accords sur une simple poignée de main est révolue. En affaires, je ne laisse rien au hasard.

En affaires... Cela voulait dire qu'il ne s'agirait que d'un mariage blanc. Le soulagement le gagna. Si le pire arrivait et qu'elle devait aller jusqu'au bout, au moins, il n'y aurait rien de personnel entre eux.

— Si vous établissez un contrat, je veux qu'il soit précisé que vous ne révélerez à personne le fait qu'il s'agit d'un mariage de convenance. J'insiste bien sur ce point.

— Pas même à votre frère ?

— Pas même à Julien. Ce sera juste entre nous.

Ce point était le plus important. Hors de question que Julien apprenne qu'elle s'était sacrifiée. Il se sentait déjà coupable vis-à-vis de l'entreprise, il n'avait pas besoin d'un poids supplémentaire.

L'entreprise qu'ils aimaient serait sauvée. Julien y travaillerait toujours et, une fois qu'Adam Wilde l'aurait vu à l'œuvre, il lui confierait un rôle clé. Julien retrouverait un but dans la vie, sa fierté et, avec un peu de chance, sa santé.

Peu importaient les inconvénients pour elle.

Elle devrait évidemment tenir compagnie à Adam Wilde en public, mais au fil du temps, l'effervescence qu'elle ressentait en sa présence finirait sûrement par s'estomper.

Même s'ils vivaient sous le même toit, leur maison serait suffisamment grande pour leur offrir à tous les deux l'intimité nécessaire. Adam ne la désirait pas pour elle-même, il la considérait simplement comme un atout pour l'entreprise.

Elle serait un trophée à son bras, pas une véritable épouse.

L'idée même de ce mariage était choquante. Toute sa vie, elle s'était efforcée d'acquérir une certaine estime d'elle-même dans un monde qui la jugeait inférieure à ses parents. Elle s'était battue pour que son travail soit respecté et cet homme avait balayé ses compétences d'un revers de la main, comme si elles ne comptaient pas.

Elle n'avait jamais détesté personne mais elle était à deux doigts de haïr ce type.

Seul point positif, elle n'était pas en couple, elle n'aurait donc pas de difficulté à expliquer son soudain mariage. D'ailleurs, elle ne se souvenait même pas de la dernière fois qu'elle avait eu un rendez-vous galant.

Elle se sortirait de ce mauvais pas, se répéta-t-elle jusqu'à s'en convaincre, et quand Adam passerait à son prochain projet, il serait sans doute prêt à divorcer.

Elle le regarda étirer ses jambes, se prélasser comme s'il était en vacances sur la Côte d'Azur. La lueur de détermination qu'elle apercevait dans ses prunelles couleur émeraude lui rappelait néanmoins qu'il n'était pas un simple touriste.

— Je peux m'accommoder de cette condition, répondit-il enfin. Vous avez mon accord et je mets immédiatement mes avocats au travail.

Elle réprima un cri de consternation. Elle se trouvait dehors et pourtant, elle avait tout à coup l'impression d'être claustrophobe et de manquer d'air. Elle se força néanmoins à ne pas paniquer. Elle avait obtenu les concessions dont elle avait besoin, c'était le plus important.

— J'ai hâte de lire le contrat définitif.

Elle chercherait plus tard des moyens d'y échapper.

— En attendant, reprit-il, je vous invite à déjeuner. J'ai envie de célébrer nos fiançailles.

4

Elle n'avait aucune envie de faire la fête avec lui.

Adam le devina à la façon dont ses prunelles se firent soudain plus sombres. Ce soupçon de fragilité le troubla aussitôt, jusqu'à ce qu'il se rappelle qu'elle pouvait mettre un terme à leur relation commerciale, si elle le souhaitait. Même si la Maison Fontaine faisait faillite, elle ne serait pas à la rue.

— Si vous le souhaitez.

Elle avait prononcé ces mots comme si elle lui accordait une faveur, comme si c'était elle, et non lui, qui décidait de la suite des événements. Il repensa aux articles de presse qui la qualifiaient de « Reine de Glace », en partie parce qu'elle préservait jalousement sa vie privée, et en partie à cause de l'incroyable assurance qu'elle affichait.

Ce qui ne voulait pas dire qu'elle n'avait pas de cœur. Au contraire. Une femme indifférente n'aurait jamais plaidé avec autant de passion pour ses employés ou pour son frère.

En fait, le mot important dans son surnom n'était pas *glace* mais *reine*. Il n'avait aucun mal à l'imaginer au siècle dernier, vêtue d'une longue robe de velours richement décorée tandis que des courtisans s'inclineraient devant son trône.

Sa raison le rappela à l'ordre et il repoussa cette image. Il n'y avait que lui pour se laisser aller à ces stupides fantasmes.

Tout cela, c'était la faute d'Angela et du roman historique qu'elle lui avait offert à son départ de Sydney. Pour faire plaisir à sa sœur qui s'inquiétait de l'équilibre entre sa vie professionnelle et sa vie privée, il avait lu quelques pages pendant le voyage, et maintenant il imaginait Gisèle en héroïne de roman.

Assez avec ces rêves stupides ! Il avait un contrat à conclure.

— Allons-y, voulez-vous ?

Une limousine les conduisit au port et il profita du trajet pour envoyer des messages à son équipe.

Lorsqu'ils arrivèrent à la marina, son irritation passagère se dissipa enfin. Sa bonne humeur n'avait cependant rien à voir avec la lueur d'admiration qu'il aperçut dans le regard de Gisèle quand elle monta sur le yacht. Il n'avait besoin de l'approbation de personne.

— Vous aimez la voile ? lui demanda-t-il, curieux.

Elle esquissa un sourire et son rythme cardiaque s'accéléra aussitôt.

— Oui, j'aime beaucoup la voile. Julien et moi avions l'habitude de sortir en mer, quand nous étions jeunes. Certains de nos amis possédaient des yachts. Et vous ?

— Je n'avais jamais mis les pieds sur un bateau avant de gagner mon premier million. Je n'avais pas le temps.

— Vous étiez trop occupé à faire la fête ?

Son ton était léger mais il entendait dans sa voix des notes sévères qu'il ne parvenait pas à identifier.

— Réussir à partir de rien exige beaucoup de travail. Tout le monde ne naît pas avec une cuillère d'argent dans la bouche.

— Julien et moi avons eu de la chance, c'est vrai.

Elle ne s'excusait pas, voilà qui lui plaisait.

— Ce n'est que très récemment que j'ai eu l'occasion de faire de la voile, reprit-il.

— Sydney est pourtant au bord de l'océan.

Elle avait fait des recherches à son sujet mais à l'évidence, elle avait encore quelques lacunes.

— Je ne suis pas né à Sydney. J'ai grandi dans une petite ville à l'intérieur des terres. Donc pas de bateau. Certains des garçons de l'internat huppé situé en bas de ma rue venaient de familles qui possédaient des yachts. Ils partaient en croisière à l'autre bout du monde tandis que nous autres, enfants de la classe ouvrière, nous n'allions même pas au bord de l'océan.

— Vous le regrettez.

Elle avait prononcé ces mots sur le ton d'une affirmation, pas d'une question. Était-elle capable de lire en lui ?

— Non, je n'ai aucun regret. Je jouais au football le week-end avec certains de ces gosses de riches et je sais que certains d'entre eux auraient été prêts à échanger leurs vacances de luxe contre une vie de famille dominée par la tendresse.

Il avait peut-être grandi dans la pauvreté mais il n'avait jamais manqué d'affection.

— Je n'ai jamais ressenti la moindre jalousie.

Il n'avait pas l'habitude de s'expliquer mais Gisèle était la femme qu'il avait l'intention d'épouser. Elle ne deviendrait jamais sa confidente, bien sûr, mais leur relation serait sans doute plus facile s'ils se comprenaient mieux.

— Je ne supporte pas les gens qui pensent qu'ils valent mieux que les autres parce qu'ils sont riches.

À ces mots, il la vit se crisper.

— Vous voulez pourtant m'épouser.

Il s'approcha et la regarda déglutir, visiblement nerveuse. Mais elle ne recula pas. Elle se contenta de le fixer, la tête haute, fière.

Le trouble le gagna. Son désir se réveilla et se propagea peu à peu partout en lui. Il riva son regard au sien.

— Êtes-vous en train de me dire que je me suis trompé sur votre compte et que vous êtes snob ? Je n'ai pourtant pas vu de trace d'arrogance dans le rapport que m'ont préparé mes enquêteurs.

— Vous avez enquêté sur moi ?

Elle prit une profonde inspiration puis leva les yeux au ciel.

— Bien sûr que vous avez enquêté sur moi.

Il vivait dans un monde où la raison imposait souvent le recours à des enquêteurs privés pour débusquer les faiblesses et les secrets de ses concurrents.

À l'évidence, Gisèle ne semblait pas favorable à ces pratiques. Bon sang, pourquoi diable avait-il évoqué ce rapport ? Il aurait mieux fait de se taire. Avait-il inconsciemment voulu la provoquer ? Il se sentait aussi bête que s'il avait révélé à un enfant que le Père Noël n'existait pas. La seule différence était que Gisèle n'était pas une enfant et qu'elle le regardait avec un sourire poli.

— Eh bien, reprit-elle enfin d'une voix légèrement rauque, vous aurez moins d'effort à faire pour apprendre à me connaître.

Son ton était nonchalant, comme si elle se contrefichait qu'il ait envahi sa vie privée. Il détestait cette distance. Il aurait préféré qu'elle se fâche ou qu'elle argumente.

Était-il en train de perdre la main ? Comment pouvait-il se sentir pris au dépourvu alors que vingt minutes plus tôt, il se félicitait de sa réussite ?

Il se força à refouler son mécontentement. Il ne pouvait pas reprocher à Gisèle d'être agacée ou de vouloir garder ses distances, il l'avait pratiquement forcée à accepter ce marché ! À lui maintenant de lui prouver qu'elle gagnerait à l'épouser.

Ce qui signifiait qu'il allait devoir faire taire l'impitoyable requin des affaires qu'il était pendant quelque temps.

Depuis que ses premiers succès en affaires avaient été médiatisés, il n'avait pas eu besoin de faire le moindre effort pour conquérir une femme. Elles tombaient toutes à ses pieds.

Sauf Gisèle qui ne semblait pas du tout impressionnée par son succès. Séduire cette femme allait être plus difficile qu'il ne l'imaginait.

Le trajet jusqu'à la villa louée par Adam au cap Ferrat fut l'un des plus étranges qu'elle ait jamais vécu.

Cet homme lui déplaisait au plus haut point et elle trouvait sa demande de mariage grotesque. Insultante, même. Adam Wilde pensait que Julien et elle considéraient l'héritage familial comme un cadeau du ciel. Il ne se rendait pas compte qu'ils avaient travaillé toute leur vie pour le préserver !

Pourtant, malgré sa détermination à détester cet arrogant Australien, elle parvenait à se détendre pendant de courtes périodes, et même à oublier sa colère.

Tout avait commencé lorsque, cherchant un sujet de conversation pour que le trajet le long de la côte ne se déroule pas dans un silence oppressant, elle lui avait posé une question sur la voile. Il avait alors admis qu'il n'y connaissait rien. Il avait ensuite demandé à l'un des membres de l'équipage, vêtu d'un uniforme immaculé, de leur faire visiter les lieux.

Et elle qui s'imaginait qu'il allait lui proposer d'ouvrir une bouteille de champagne et de trinquer... Elle préférait de loin visiter le yacht, même s'il avait insisté pour l'accompagner. Elle aurait d'ailleurs dû trouver sa présence étouffante mais sa curiosité lui plaisait. Elle la trouvait même attirante.

Elle avait imaginé qu'Adam Wilde n'admettrait jamais son ignorance sur quelque sujet que ce soit. Au lieu de cela, il posa au capitaine des questions qui montraient qu'il était peut-être ignorant en matière de voile mais qu'il avait l'esprit curieux.

Il demeurait un manipulateur, elle en était convaincue, mais elle avait du mal à rester en colère, surtout lorsqu'un problème de moteur les amena, lui et leur capitaine, à inspecter le moteur et à parler mécanique.

Captant son regard, il lui adressa un clin d'œil.

— Les hommes et la mécanique, hein ? C'est un cliché, mais dans mon cas, c'est vrai. J'ai passé tellement de temps à réparer de vieux moteurs que j'ai fini par y prendre du plaisir.

Elle allait l'interroger à ce sujet lorsqu'il se redressa et lui adressa un sourire charmeur. Il s'excusa ensuite de l'avoir fait attendre et suggéra qu'ils remontent sur le pont pour profiter de la vue. Où était passé le dangereux pilleur d'entreprises qui avait bouleversé son univers ? Pas étonnant qu'il connaisse une telle réussite, si ses concurrents échouaient à deviner ses humeurs et ses intentions.

Le bateau s'approcha d'une langue de terre verte pointant vers le sud, Saint-Jean-Cap-Ferrat, l'un des lieux les plus sélects au monde.

Elle avait participé à quelques soirées ici, la dernière fois à l'invitation du propriétaire d'une start-up qui souhaitait que la Maison Fontaine crée un parfum personnalisé pour sa femme.

La première fois, elle était enfant et était accompagnée de ses parents. Elle se souvenait de ce jour avec une étonnante précision. Elle n'avait oublié ni la piscine à débordement, ni l'arôme du jus de mangue frais, ni l'inévitable groupe d'admirateurs qui se pressait autour de sa mère.

À la fin de la journée, son père l'avait prise par la main et, un large sourire aux lèvres, ils avaient pris le chemin du retour.

C'était le dernier souvenir qu'elle avait de son père. Il était mort deux jours plus tard lors d'une course automobile.

— Quelque chose ne va pas ?

Sa voix grave interrompit ses pensées.

— Non, tout va bien.

Elle se retourna et découvrit Adam, ses prunelles émeraude braquées sur elle. Instantanément, sa gorge se noua.

Son regard n'était pas seulement interrogateur. Il était… doux, comme s'ils n'étaient pas adversaires mais unis par un lien profond.

Incrédule, elle le fixa. Peut-être devinait-il qu'elle ne s'était jamais vraiment remise du décès de son père car après, tout son monde s'était peu à peu écroulé. Pourtant, il ne pouvait pas savoir. Il ne pouvait pas savoir non plus que la perte de son père lui avait appris à cacher ses émotions, à apparaître confiante en toutes circonstances.

Il ne lui restait plus qu'à espérer qu'elle soit maintenant capable de cacher à son frère la vérité sur ce mariage blanc.

— Vous avez le mal de mer ?

— Pas du tout. J'étais juste perdue dans mes pensées.

Elle reporta son regard sur la mer. Non loin, elle apercevait un hors-bord.

Malgré le précieux rapport de ses enquêteurs, Adam Wilde ne

la connaissait pas. Pour lui, elle n'était qu'un actif à acquérir puis à jeter lorsqu'elle ne lui serait plus utile.

Elle allait devoir rassembler toutes ses forces pour ne pas se laisser faire pendant qu'il transformerait son entreprise bien-aimée. L'autre solution pour elle serait de succomber à un accident soudain… Non. Elle était peut-être désespérée, mais tout de même pas à ce point. Le chagrin ne lui était en effet pas inconnu. Non seulement elle avait perdu ses deux parents mais son frère avait failli mourir.

Le bateau s'arrêta enfin en face d'une villa de style provençal dont les immenses baies vitrées offraient une vue à couper le souffle sur la mer.

Qu'Adam ait loué ce lieu exquis pour un court séjour, et ce superbe yacht pour couvrir les vingt kilomètres qui le séparaient de Nice, confirmait son extraordinaire richesse.

— C'est magnifique, lança-t-elle en attrapant ses chaussures.

Elle les avait enlevées pour ne pas abîmer le pont en teck. Hélas, à l'idée de les remettre pour descendre à terre avec Adam, le plaisir qu'elle avait ressenti en mer s'évanouit peu à peu.

— Je suis heureux que la maison vous plaise.

Il s'approcha d'elle, si près qu'elle sentit sa chaleur irradier tout son corps. Aussitôt, elle se raidit.

— Nous pourrions passer du temps ici ensemble.

— Cela ne me paraît pas nécessaire.

Le voir en public, d'accord, mais elle n'avait aucune envie de se retrouver en tête à tête avec lui dans un lieu isolé.

— Nous avons pourtant de nombreux sujets à aborder, et je vous rappelle que vous m'avez expliqué que vous vouliez que nous donnions l'impression d'être tombés amoureux l'un de l'autre. Comment faire illusion si nous sommes séparés ?

Troublée, elle ferma les yeux et avala sa salive. Il était bien trop près à son goût. Elle prit une profonde inspiration et perçut son insaisissable parfum. Immédiatement, son corps s'attendrit. Elle reconnaissait l'odeur du bois de cèdre ainsi qu'une note plus épicée. Celle de la fève de tonka ? Non. En tout cas, elle aimerait bien rencontrer le nez à l'origine de la création de cette envoûtante eau de Cologne.

Arrête de te mentir ! Ce n'est pas son eau de Cologne qui t'intéresse, c'est lui, ce milliardaire arrogant et tyrannique.

Malgré ses bonnes résolutions, son corps frémissait à chaque fois qu'il s'approchait et cette réaction l'horrifiait. Malheureusement, elle ne pouvait nier les décharges électriques qui l'envahissaient avant de se nicher au plus profond de son intimité.

La gorge serrée, elle s'éloigna, s'agrippa à la balustrade et déglutit tant bien que mal.

Après une expérience désastreuse, lorsqu'elle n'était qu'une adolescente, elle avait décidé de ne jamais se laisser dominer par le désir. Depuis, elle était devenue presque imperméable aux hommes séduisants. Pourtant, à chaque fois qu'elle se tenait à proximité d'Adam Wilde, une sensation de chaleur inédite l'enveloppait et lui donnait le vertige.

— Nous passerons du temps ensemble, mais en public. Le but est que les gens nous voient ensemble.

— Justement !

Au lieu de reculer, il s'avança, posa sa main sur son bras et la fit pivoter jusqu'à ce qu'ils soient face à face.

— C'est ce que nous faisons actuellement.

— Si vous parlez de l'équipage, je ne pense pas...

— Je ne parle pas de l'équipage mais du photographe sur le hors-bord, à ma droite. Attention, ne regardez pas !

Son souffle, aussi doux qu'une caresse, glissa dans ses cheveux et la chair de poule la gagna.

Elle ne regarda pas le hors-bord. Impossible, alors que d'étranges ondulations se diffusaient partout sur sa peau depuis l'endroit où il l'avait touchée. Son cœur se serra avant de battre à toute allure. Comment pouvait-elle s'inquiéter pour un photographe alors que son instinct lui rappelait qu'Adam Wilde était bien plus dangereux pour son bien-être ?

— Comment savez-vous qu'il y a un photographe à bord ? Personne ne sait que nous sommes ici.

— Vous n'avez pas vu le paparazzi sur le port ? Il ne faisait pourtant pas beaucoup d'efforts pour se cacher.

Elle ouvrit la bouche, prête à protester, à lui dire qu'il était paranoïaque, mais se retint en apercevant le reflet du hors-bord sur la vitre de la cabine. Il s'était arrêté tout près.

Adam Wilde était un homme d'affaires très connu. Ses moindres faits et gestes alimentaient la presse, qu'il s'agisse de la presse économique ou de la presse à sensation et évidemment, les journalistes voulaient connaître la raison de sa présence en Europe.

Elle ferma les yeux et plongea dans ses souvenirs. S'étaient-ils disputés sur le port ? Qu'avait vu le photographe ? La dernière chose dont elle avait besoin, c'était que Julien découvre des photos d'eux en train de se chamailler. Cela rendrait leur prétendue romance encore plus difficile à expliquer.

— Vous n'avez pas pensé à me prévenir ?

— À quoi bon ? Vous êtes déjà tendue. Inutile qu'un photographe s'en aperçoive en utilisant son téléobjectif.

— Quelle sollicitude de votre part !

Elle baissa les yeux vers sa main, toujours posée sur son bras. Elle se souvenait maintenant de la conversation qu'ils avaient partagée avant de quitter le port. À sa grande surprise, il lui avait avoué qu'il n'était jamais monté sur un bateau avant d'être adulte, qu'il avait grandi dans une petite ville, et qu'il méprisait les riches qui se pensaient supérieurs en raison du contenu de leur compte en banque.

S'était-il livré dans l'espoir que des photos la montreraient absorbée par ses paroles ? L'avait-il manipulée ?

Oui, il l'avait dupée. Forcément.

Comment réagir, maintenant ? Elle hésitait. Son orgueil lui ordonnait de rendre aussi difficile que possible la prise de contrôle de son entreprise et de sa vie par Adam. En même temps, l'amour qu'elle éprouvait pour son frère la poussait à jouer les femmes amoureuses afin que Julien croie à leur mariage blanc.

Elle se figea en croisant le regard noir d'Adam.

— Que se passe-t-il ? Vous craignez que les photos prises à Nice ne révèlent des informations que vous préféreriez que la presse ne découvre pas ?

Son regard était celui d'un chasseur. À cette idée, la peur l'envahit mais aussi un sentiment d'excitation.

— Pas du tout. Pour la presse, notre histoire n'en est qu'à ses débuts, nous apprenons juste à nous connaître. Mais il serait utile, pour nous deux, qu'ils découvrent quelques indices leur montrant la direction que prend notre relation.

— De quoi parlez-vous ?

Malgré sa gorge sèche et le rythme inquiet de son pouls, elle se redressa, déterminée à lui montrer qu'elle n'avait pas peur.

— Vous voulez qu'ils me voient signer un contrat de mariage de cinquante pages ? Je suis sûr qu'ils trouveraient ça romantique.

Son éclat de rire chaleureux la surprit. Mais elle n'allait pas faiblir juste parce qu'il avait le sens de l'humour.

— Je vous aime bien, Gisèle. Vous avez de la jugeote.

Non, elle n'avait pas de jugeote, elle avait un problème, un énorme problème ! Elle appréciait beaucoup trop Adam.

— Bon, il est probablement temps d'y aller.

— Dans un instant. C'est une occasion en or de lancer notre campagne.

Son cœur battant la chamade, elle feignit la confusion.

— Notre campagne ? Quelle campagne ?

— Notre campagne destinée à convaincre le monde entier que nous sommes en train de tomber amoureux.

Son regard se fit plus brillant. Tout à coup, elle avait l'impression qu'il se moquait d'elle et non de lui-même.

— Nous ne nous sommes rencontrés qu'hier, personne ne peut croire...

— Il n'y a rien de surprenant à ce qu'un homme tombe amoureux d'une belle femme...

À ces mots, chaque muscle de son corps se raidit. Croyait-il vraiment qu'elle allait tomber dans le panneau ? Elle connaissait très bien la définition de la beauté. Dès l'adolescence, elle avait entendu que jamais elle ne serait aussi belle que sa mère. Résultat, elle avait passé des années à s'efforcer d'apprendre à avoir confiance en elle en dépit des commentaires de la presse qui soulignait ses défauts.

Elle allait répliquer lorsqu'elle se rendit compte qu'il avait bougé et qu'il s'était penché vers elle.

En silence, ses doigts effleurèrent sa joue puis se posèrent sur sa nuque. Son visage se rapprocha du sien et aussitôt, comme par ma magie, toutes ses pensées s'évanouirent.

5

Attiré par une force bien plus puissante que le besoin d'offrir aux paparazzis un cliché ou une histoire, Adam se rapprocha peu à peu. Cette femme l'attirait. Cette femme complexe ne faisait aucun effort pour le séduire mais chacun de ses mots, chacun de ses regards réveillait son désir.

Son désir s'épanouit dans sa chair tandis qu'il regardait ses yeux lancer des flèches ou s'adoucir au rythme de ses changements d'humeur. Il ne pouvait pas définir son attirance mais elle était bien là, puissante. Elle faisait pétiller sa paume à l'endroit qui touchait sa peau.

Ces lèvres, apparemment innocentes sous leur rouge à lèvres rose clair mais tellement sensuelles, l'attiraient comme un aimant attire le métal. Incapable de résister à la tentation, il baissa lentement la tête, anticipant la douceur de sa bouche sous la sienne jusqu'à ce qu'un coup d'œil vers ses prunelles vienne briser son excitation.

Dans son regard, il lisait de la douleur, de l'aversion. À cause de lui ? Le détestait-elle à ce point ?

Des alarmes résonnèrent aussitôt en lui. Il allait même reculer lorsqu'il vit son expression changer une nouvelle fois. Elle releva le visage et la détresse, qu'il avait aperçue quelques instants plus tôt, disparut comme par magie.

Jamais une femme ne lui avait envoyé autant de messages contradictoires. Elle se pencha vers lui, son parfum chaud taquinant ses sens. Elle posa ensuite sa paume sur sa poitrine, écarta les doigts, comme pour absorber les battements de son cœur et tous ses doutes se dissipèrent comme par magie.

Sous le charme, il saisit sa main libre, enroula ses doigts autour des siens puis réduisit l'espace qui les séparait. Mais au lieu de capturer sa bouche comme il l'avait prévu, il pressa ses lèvres sur son front.

Depuis quand était-il un homme vertueux ?

Il ferma les yeux tandis qu'une vague d'émotion l'enveloppait. Ressentait-il un instinct protecteur ? De la curiosité ? Un désir contrarié ? Sans doute tout à la fois. Par contre, à sa grande surprise, il ne ressentait aucune frustration à l'idée de s'être privé d'un véritable baiser.

Il laissa les secondes s'écouler et, peu à peu, la sentit s'adoucir contre lui et reprendre son souffle. Un sentiment de justesse l'envahit aussitôt. L'excitation qu'il avait ressentie quelques minutes plus tôt se calma. La pulsation effrénée de son pouls se transforma en un battement lourd, régulier, rassurant.

Il ressentait du bien-être, voilà ce qu'il ressentait. Un bien-être plus puissant que le désir qu'il avait éprouvé quelques instants plus tôt. Ce désir n'avait pas disparu pour autant. En fait, il était présent à chaque fois qu'il se trouvait en présence de Gisèle. S'il avait fait preuve de retenue, c'était juste parce que la détresse qu'il avait aperçue dans son regard l'avait touché. Il avait alors eu envie de la réconforter.

D'ailleurs, son chaste baiser l'avait aussi réconforté, lui.

Comment était-ce possible ? Il n'avait pas besoin du réconfort d'une femme, il était parfaitement satisfait de sa vie.

Il recula brusquement, perdu. Comment un chaste baiser sur le front pouvait-il le bouleverser à ce point ?

Refoulant ses questions, il croisa son regard couleur lavande et y plongea. À sa grande surprise, il avait envie de se réveiller tous les jours face à ce regard chaud et lumineux. Même la journée la plus éprouvante serait facile si elle commençait avec Gisèle qui le regardait de cette façon.

Malheureusement, la jeune femme recula, se referma et il sortit de ses songes. En un claquement de doigts, elle remit son costume de femme d'affaires avisée.

Il glissa sa main dans sa poche tandis qu'elle se retournait afin que les photographes ne puissent pas voir son visage.

— Ce baiser n'était pas nécessaire.

— Je ne suis pas d'accord, Gisèle.

Il s'attarda sur son prénom, observant avec satisfaction sa respiration s'accélérer. Elle n'était pas aussi calme qu'elle voulait bien lui faire croire.

— Je pense au contraire qu'il était nécessaire, si nous voulons les convaincre qu'entre nous, c'est le début d'une grande histoire d'amour. En fait, je vous ai rendu service.

— Vous trouvez qu'un baiser sur le front est romantique ?

— Je ne voulais pas en faire trop. Et puis, un baiser sur le front est tendre.

Elle leva les yeux au ciel et lâcha un rire désabusé.

— Inutile de chercher des excuses, si vous n'avez pas envie de m'embrasser. De toute façon, je ressens la même chose.

Il avait envie de la contredire mais il se retint. Bien sûr qu'il voulait l'embrasser, et elle le savait très bien. Elle se servait juste des mots pour se protéger. Il savait également, avec l'instinct que lui conféraient des années d'expérience, qu'elle avait envie qu'il l'embrasse. Pourtant, elle refusait de l'admettre. Par fierté ?

Elle croisa les bras, le dévisagea.

— Avant d'aller plus loin, je tiens à clarifier un point.

— Je vous écoute.

Il était d'autant plus curieux qu'il s'était privé de la promesse de ses lèvres sensuelles à cause d'une simple lueur fugace qu'il avait probablement imaginée.

— Pas de baiser, lui annonça-t-elle d'une voix ferme. Pas de contact physique, même pour les paparazzis.

— Comment allons-nous faire croire que nous sommes tombés amoureux ?

— En étant vus ensemble, en partageant des repas...

— Je déjeune souvent avec mon assistant mais personne n'a jamais imaginé que nous avions une relation sentimentale.

Imaginait-elle vraiment qu'un déjeuner suffirait ? Était-elle naïve à ce point ? Non, sans doute avait-elle juste peur. Peur de lui ? Ou bien peur d'elle-même ?

— Il faudrait au moins que je puisse tenir votre main.

— D'accord. Pas de contact, sauf sur le bras ou la main.

Elle se redressa et le toisa. Il aurait aimé lui dire à quel point son comportement de Reine de Glace l'excitait. Il se retint cependant. Elle le découvrirait bien assez tôt.

— Sans contact physique, ce sera difficile de convaincre la presse, mais j'aime les défis et je le relèverai.

— Ce n'était pas censé être un défi.

— Trop tard, ma chérie. Je promets solennellement de ne pas vous toucher, sauf sur la main ou le bras. Et de ne surtout pas vous embrasser.

Il la regarda se détendre un peu avant de lui adresser un clin d'œil malicieux et de reprendre :

— Du moins, jusqu'à ce que vous me le demandiez.

Jusqu'à ce que vous me le demandiez...

Il imaginait qu'elle allait lui demander de la toucher ? De l'embrasser ? Et puis quoi encore !

Décidément, elle n'avait jamais rencontré quelqu'un d'aussi arrogant, d'aussi exaspérant.

Mais l'idée t'attire, n'est-ce pas ? Tu as été déçue quand il s'est contenté d'un baiser sur ton front.

La vérité était scandaleuse. Elle aurait d'ailleurs voulu la nier mais elle n'aimait pas se mentir.

Malgré les lueurs qu'elle avait aperçues dans son regard, elle ne l'attirait pas. Sinon, il l'aurait embrassée, véritablement embrassée.

Certains hommes aimaient abuser de leur pouvoir, d'autres

préféraient relever les défis et d'autres encore considéraient les femmes comme des trophées. Adam était tous ces hommes à la fois.

En silence, elle le suivit jusqu'à l'autre bout du yacht.

Lorsqu'elle aperçut le hors-bord, elle étouffa une gêne stupide à l'idée que leur chaste baiser soit exposé au public parce que, pendant un instant, elle avait ressenti un tsunami d'émotions lorsqu'il avait posé ses lèvres sur son front.

Comment était-ce possible ? Elle ne comprenait pas, elle aurait dû le détester. Pourtant, la haine avait été la dernière émotion qu'elle avait ressentie. Elle avait vraiment voulu qu'il l'embrasse.

Par contre, elle ne l'aimait pas. Impossible.

L'inébranlable assurance dont il faisait preuve lui rappelait un peu son père. La seule différence, c'était que son père était un homme chaleureux, attentionné, jamais méprisant.

Adam Wilde n'était en rien comme son père et pourtant, quelque chose en lui la séduisait. Depuis qu'elle l'avait rencontré, il l'avait mise au défi. Il l'avait forcée à se surpasser, sans lui faire de cadeau. Paradoxalement, elle lui en était presque reconnaissante.

Mais cela n'expliquait pas comment il était capable de se glisser sous sa peau et de faire battre son cœur à toute allure.

— Laissez-moi vous aider.

Adam s'arrêta en haut de l'échelle. En bas, une annexe les attendait pour les conduire à terre.

— Non, merci. Je peux me débrouiller toute seule.

Dieu merci, elle portait un pantalon. Elle n'osait imaginer les photos des paparazzis si elle avait porté une jupe courte.

Elle franchit lentement les derniers échelons avant de se retourner. Adam saisit aussitôt son coude pour la stabiliser.

C'était un geste de sollicitude, ou du moins c'était ce qu'aurait pu croire un spectateur. Elle seule pouvait voir l'amusement briller dans ses prunelles.

— Tout va bien, Gisèle ?

Sans doute se moquait-il d'elle à cause des règles qu'elle avait établies un peu plus tôt.

À moins que… Un peu plus tôt, quelque chose s'était passé entre eux et elle avait l'impression qu'ils avaient partagé un moment unique. Elle avait l'impression que l'espace d'une seconde, ils s'étaient retrouvés du même côté, tous les deux face au monde entier.

— Tout va bien, merci.

Elle se libéra, s'éloigna et se força à reprendre ses esprits. Hors de question de succomber à son charme. Se détendre en sa présence était inenvisageable.

Entre eux, il ne s'agissait que d'une relation d'affaires.

Cela se vérifia lorsqu'ils atteignirent sa villa. À peine avait-elle pris place dans un luxueux salon qu'un de ses employés arriva avec une liasse de documents. Le contrat qui transférait l'héritage de sa famille à cet arrogant Australien.

Voilà, c'en était fini de l'illusion d'un timide lien émotionnel entre eux…

— J'aimerais discuter des détails avec mon frère, avant de signer.

— Je comprends. Par contre, le second contrat ne concerne pas votre frère et devra être signé avant votre départ. Il couvre les sujets dont nous avons discuté ce matin.

— Ce matin ? Vous avez déjà eu le temps…

Elle s'interrompit et regarda son imposante silhouette. Ce n'était pas sa puissance physique qui l'intimidait, mais sa volonté constante d'obtenir ce qu'il désirait.

— Le contrat avait déjà été préparé. Il n'y avait plus qu'à y insérer quelques clauses supplémentaires.

Et dire qu'elle pensait avoir du temps pour élaborer un plan d'évasion avant de signer quoi que ce soit… Décidément, il méritait bien sa réputation d'homme impitoyable. Il l'avait piégée. Désormais, elle n'avait plus aucun moyen d'échapper à Adam. Tout espoir avait disparu.

— Voulez-vous un café pendant que vous lisez le contrat ?

— Je veux bien de l'eau, merci.

Il s'éloigna et elle se concentra sur les feuilles. Malheureusement, les mots étaient flous devant ses yeux. À cause du stress, du manque de sommeil et surtout de la découverte qu'elle était complètement prise au piège.

Hélas, s'apitoyer sur son sort ne servirait à rien.

Elle prit une profonde inspiration avant de faire une nouvelle tentative. Au même instant, Adam posa un verre d'eau sur la table basse.

— Merci.

Elle but une gorgée et sentit peu à peu son hésitation momentanée se dissiper. Elle ferait tout ce qui était nécessaire pour sauver sa famille et l'entreprise. Elle était déterminée.

Adam s'installa dans un fauteuil en face d'elle et attrapa une copie des documents.

— Avant de passer à notre accord privé, vous pouvez consulter le contrat de vente. Page 15, paragraphe C, figure la clause concernant la garantie d'emploi du personnel.

Elle fronça les sourcils au fur et à mesure de la lecture. Le texte donnait aux employés actuels une garantie d'emploi de deux mois seulement et précisait que l'évaluation des performances aurait lieu dans ce laps de temps.

— À lire ce contrat, rien n'empêche votre équipe de licencier tout le monde au bout de deux mois.

Elle leva les yeux et constata qu'il la regardait mais elle ne ressentait pas la même nervosité qu'un peu plus tôt. Désormais, elle était prête à se battre pour elle et pour ses employés.

— Douze mois me paraissent plus appropriés.

— Impossible. Trois mois.

— Onze mois.

— Je ne veux pas m'embarrasser d'employés peu performants.

— Vous m'avez donné votre parole.

Cette promesse ne valait-elle rien ?

— Bon, je vous propose six mois. Et mon équipe travaillera avec la vôtre pour revoir le processus d'évaluation des performances et l'améliorer.

— J'exige une promesse écrite et je demande de faire partie de l'équipe qui examinera le processus.

— D'accord. Six mois.

Était-il prêt à cette concession depuis le début ? Elle avait l'impression troublante qu'il était prêt à négocier mais que l'issue était déjà fixée.

— Et le rôle de Julien dans l'entreprise ?

Adam trouva la clause dans laquelle Julien se voyait confier un rôle de cadre supérieur. Quant à son emploi de directrice de l'unité de responsabilité sociale, il était également garanti.

Elle relâcha un peu la tension.

— Je ferai établir une version actualisée du contrat. En attendant, finalisons notre contrat personnel.

La façon dont il évoquait ce contrat lui hérissait le poil mais peut-être était-elle trop sensible. Après tout, pour Adam leur relation était une relation d'affaires, elle n'avait rien de personnel, elle ne devait pas l'oublier.

— Pourquoi la Maison Fontaine ? Vous détenez des participations dans les domaines de l'ingénierie, de la construction et de la logistique. Pourquoi acquérir une entreprise de cosmétiques ?

— La Maison Fontaine est une société prestigieuse, une marque mondialement reconnue. La diversification est intéressante, surtout lorsque j'entrevois la possibilité de transformer une entreprise qui périclite en une société très rentable.

— La Maison Fontaine n'est pas en train de péricliter.

— Elle est victime d'une mauvaise gestion alors.

Du regard, il la mettait au défi de le détromper mais à quoi bon ? Quelques erreurs commises au mauvais moment les avaient en effet conduits au bord du gouffre.

— Seul le profit vous intéresse, n'est-ce pas ?

— Je n'investirais pas dans une entreprise si je n'étais pas sûr de pouvoir en tirer des bénéfices.

Il n'avait toujours pas répondu à sa question. Était-ce le prestige qui l'avait attiré ?

— Si vous vous tournez vers le contrat le plus bref…

Oubliant sa curiosité, elle se concentra sur le second contrat, celui par lequel elle s'engageait à l'épouser dans les cinq semaines.

Cinq semaines ? La panique lui serra la gorge.

Adam avait inclus une clause l'obligeant à lui payer une fortune en compensation, si elle revenait sur sa décision.

Ses poumons se contractèrent. Les termes étaient draconiens mais parfaitement clairs. Si elle signait, elle devrait l'épouser, elle ne pourrait plus échapper à ce mariage.

Il avait compris qu'elle était prête à tout pour préserver l'héritage de sa famille et il en avait profité.

Il avait même inclus une promesse de confidentialité concernant la nature de leur relation afin que personne ne sache que le mariage n'était pas réel. C'était le seul point positif de cet épouvantable document.

Elle parcourut rapidement les clauses énumérant tous les biens auxquels elle ne pourrait prétendre en cas de divorce. Pourquoi ergoter sur ce point alors que tant d'autres points la préoccupaient bien plus ?

— Le contrat ne précise pas de date de fin. Il est simplement indiqué que nous vivrons ensemble pendant un minimum de dix-huit mois.

— D'ici là, nous aurons bien le temps de réévaluer la situation. Si vous n'aimez pas notre arrangement, rien ne vous empêchera de demander le divorce.

Dix-huit mois… Cela lui semblait une éternité.

— Le contrat énumère les pénalités que je devrai payer si je ne respecte pas l'accord, mais si c'est vous qui renoncez ?

— Je ne reviendrai pas sur ma décision. Je vous rappelle que c'est moi qui ai proposé ce mariage !

— J'exige une compensation, si vous vous retirez.

Elle exigeait surtout d'être traitée sur un pied d'égalité.

— Comme vous voulez.

Il griffonna quelques mots sur sa copie et la lui passa.

— Cela suffira-t-il ?

Son ajout stipulait que s'il renonçait au mariage, il devrait lui verser plusieurs millions d'euros dans les sept jours.

À contrecœur, elle acquiesça. Encore une fois, il avait accepté plus facilement qu'elle ne l'avait imaginé.

Quelques secondes plus tard, il avait ajouté le même texte à sa copie et leur avait fait parapher chaque version.

Tout à coup, elle avait l'impression qu'il venait de refermer une porte de prison sur elle.

Elle ouvrit la bouche pour dire qu'elle avait besoin de temps afin que son avocat vérifie les détails mais y renonça. Pouvait-elle faire confiance à Laurent, le vieil avocat de la famille, pour ne pas laisser entendre à Julien que le mariage n'était pas ce qu'il semblait être ? Non, elle ne pouvait pas prendre ce risque.

— Cinq semaines, c'est trop tôt. C'est... Ce n'est pas réalisable.

— Je vous rappelle que mon plan initial était de me marier dans une semaine

— Une semaine ?

— C'est à prendre ou à laisser, à vous de choisir. Mais n'oubliez pas que les clauses concernant votre frère et les employés dépendent de votre signature, maintenant.

Maintenant...

— Cinq semaines, répéta-t-il comme s'il voulait tester ses limites et sa résistance.

Elle inspira puis attrapa son stylo. Elle ne craquerait pas. Hors de question.

— Vous croyez vraiment pouvoir convaincre le monde que nous sommes tombés amoureux l'un de l'autre ?

Le regard d'Adam se posa sur son stylo. Ce regard fugace était la preuve qu'il était plus investi dans cette affaire qu'il ne le laissait paraître. Il avait besoin de sa signature pour des raisons qu'elle ignorait. Si elle les connaissait, peut-être aurait-elle pu les tourner à son avantage et échapper à sa prison.

Malheureusement, elle les ignorait.

À contrecœur, elle ouvrit alors son stylo et signa.

— Ensemble, je suis sûr que nous pourrons convaincre tout le monde.

S'agissait-il d'une promesse ou d'une menace ? Seul l'avenir le lui dirait.

6

Les photos d'Adam et elle sur le yacht n'avaient été qu'une péripétie de plus. Depuis son plus jeune âge, elle subissait l'attention constante de la presse mais celle-ci atteignait de nouveaux sommets depuis que son nom était lié à celui d'Adam Wilde, un homme à la réussite fulgurante et au caractère anticonformiste bien connu.

Par moments, le battage médiatique qui les entourait lui donnait le vertige mais elle se reprenait vite. Elle était trop occupée à jongler avec les attentes de son fiancé secret, celles des employés et celles de Julien, pour s'appesantir sur ses états d'âme.

— Je ne comprends toujours pas, reprit son frère. Tu n'as rien en commun avec lui, il n'est pas ton genre d'homme.

Le temps de choisir les bijoux qu'elle porterait ce soir, Gisèle coinça le téléphone entre son épaule et son oreille.

— Depuis quand ai-je un genre d'homme ?

Même si elle sortait parfois accompagnée, il n'y avait pas eu d'homme dans sa vie depuis des années.

— Exactement ! rétorqua Julien.

Son frère était au courant de toutes ses désillusions sentimentales. C'était d'ailleurs parce qu'ils étaient très proches qu'elle avait accepté cette farce de mariage.

Son grand frère s'était occupé d'elle lorsque leur père était mort et que leur mère était partie. Il l'avait protégée pendant des années. À son tour maintenant de prendre soin de lui et surtout, de préserver cette entreprise qu'il aimait tant.

— Il y a quelques jours, tu ne fréquentais personne et voilà que maintenant, tu passes tout ton temps avec ton ennemi.

— Adam n'est pas mon ennemi. Il va sauver la Maison Fontaine et garder tout le personnel, nous y compris. Tu as admis toi-même que son offre était généreuse.

— C'est vrai et d'ailleurs, je ne comprends toujours pas pourquoi il a accepté toutes ces concessions. Il a la réputation d'être impitoyable et de ne jamais faire dans les sentiments.

— Il n'est pas question de sentiments. La Maison Fontaine a un personnel formidable, commercialise d'excellents produits, et était très bien dirigée quand tu étais à sa tête.

— Je doute qu'Adam Wilde partage ton opinion sur ce dernier point.

Elle passa une main dans ses cheveux.

— Pourquoi ne pas simplement accepter qu'il puisse faire preuve de bonne volonté ? Tu verras bien comment les choses se passeront lorsque tu reprendras le travail.

Julien ne répondit pas, il laissa le silence s'installer.

— Je me sens tellement coupable de ne pas être là, finit-il par lâcher dans un soupir.

— Ne t'inquiète pas pour moi, pense plutôt à toi et à ta santé.

— En attendant, tu es à sa merci, obligée d'être à sa disposition vingt-quatre heures sur vingt-quatre.

— Pas du tout !

C'était un mensonge. La situation était même pire que ce que Julien imaginait. Le jour, elle avait l'impression de passer tout son temps avec son ennemi juré. La nuit, il hantait ses rêves, des rêves troublants dans lesquels il allumait des étincelles partout en elle.

Elle inspira profondément, se força à oublier la torture nocturne et sensuelle à laquelle Adam la soumettait et se concentra sur la question que lui avait posée Julien.

Depuis leur première rencontre, Adam avait insisté pour qu'elle l'accompagne à chaque réunion, à chaque inspection des bureaux ou des installations, et elle avait accepté.

— Ma participation aux réunions est très utile, reprit-elle. Le personnel me fait confiance et je connais l'entreprise bien mieux qu'Adam.

— Adam ? J'ignorais que tu l'appelais par son prénom. Vous êtes amis, maintenant ?

Elle faillit répliquer qu'Adam Wilde ne serait jamais son ami mais elle se retint. Elle devait convaincre son frère qu'elle était en train de tomber amoureuse de cet homme.

— Tu pensais que j'allais continuer à l'appeler M. Wilde ? Pour être honnête, je trouve sa compagnie… stimulante.

Façon de le dire ! Sa compagnie était surtout stressante, angoissante… Elle avait peur, non pas de ce qu'il ferait de sa précieuse entreprise, cette peur s'atténuait à mesure qu'elle le voyait travailler, mais de l'effet qu'il avait sur elle. La fureur qu'elle avait d'abord éprouvée face à son franc-parler et à ses exigences scandaleuses s'était peu à peu transformée en surprise, devant ses attentions envers le personnel, puis en admiration. Et puis, il y avait cette autre chose qu'elle ne parvenait pas à nommer, ce lien indéfinissable et troublant qui faisait que dès qu'il posait son regard sur elle, ses genoux vacillaient et la chair de poule la gagnait.

Il n'y a pas de lien indéfinissable. Tu l'imagines parce que, pour une raison stupide, tu le trouves attirant mais il ne ressent pas la même chose. La règle « pas de baiser, pas de contact » lui convient parfaitement.

Elle réprima un soupir. Il ne lui restait plus qu'à espérer qu'il ne se rende pas compte qu'elle avait de plus en plus de mal à s'en tenir à ces conditions.

— La Terre à Gisèle ! Tu es là ?

La voix de Julien la ramena au présent.

Elle croisa son reflet dans le miroir, vit son air hébété et, désabusée, laissa tomber ses boucles d'oreilles. Tout ça parce qu'elle avait pensé, encore une fois, à Adam qui la caressait…

— Désolé, Julien, je dois vraiment y aller. Je n'ai pas fini de m'habiller et je suis déjà en retard.

— Wilde ne peut pas organiser des réunions à des heures plus raisonnables ? Quelle est son excuse, cette fois-ci ?

Bien que la presse ait fait état d'une prétendue liaison entre Adam et elle, Julien restait persuadé que leur relation était purement professionnelle.

— Il ne s'agit pas d'une réunion mais d'une fête avec des professionnels du cinéma invités au Festival de Cannes.

Pour tenter de le convaincre, elle avait envie de lui préciser que cette soirée était une excellente occasion de faire connaître l'entreprise, mais elle y renonça. Mieux valait qu'il imagine qu'il s'agissait d'un véritable rendez-vous amoureux.

— Je vois, finit-il par marmonner.

Pour la première fois, elle ne parvenait pas à déchiffrer le ton de son frère. Tant pis.

— Nous en reparlerons plus tard.

Après avoir raccroché, elle s'effondra sur le lit, à bout.

Si seulement elle avait quelqu'un à qui se confier... Hélas, elle était seule. Seule pour tenter de tenir le coup et surtout, ne jamais laisser Adam soupçonner son coup de cœur pour lui.

Elle laissa échapper un rire désabusé et leva les yeux au ciel. Jamais elle ne s'était sentie aussi perdue de toute sa vie.

— C'était donc vrai...

Adam se retourna vers son hôte mais ne répondit pas.

Lorsqu'ils s'étaient rencontrés, un an plus tôt, il avait pensé que Blake était un homme avec qui il pourrait faire des affaires. Ils avaient gagné des milliards dans des domaines similaires et, bien que concurrents sur de nombreux marchés, ils pouvaient s'entendre sur quelques projets communs.

Ce soir, il découvrait qu'il s'était trompé.

— La Reine de Glace et vous...

Le ton de Blake était mielleux et à voir son expression, il devinait que l'homme était ravi de le voir à court de mots.

Les émotions, quelles qu'elles soient, étaient considérées comme une faiblesse dans le monde des affaires. Peut-être était-ce pour cette raison que les relations de Blake étaient encore plus éphémères que les siennes.

— Gisèle mérite-t-elle son surnom de Reine de Glace, au lit, ou bien est-elle une amante ardente ?

En d'autres circonstances, il n'aurait pas hésité à serrer la gorge de l'homme jusqu'à ce qu'il regrette les mots qu'il venait de prononcer, mais il se força à se maîtriser.

— Merci de garder vos pensées concernant Mme Fontaine pour vous-même.

Il avait envie de donner une bonne leçon de respect à cet abruti mais il se contrôla, non pas parce qu'il avait décidé de prouver au monde entier qu'il n'était plus le marginal effronté et grossier qu'il était au début de sa carrière, mais parce qu'il refusait que le nom de Gisèle soit sali.

— Je pensais qu'en achetant la Maison Fontaine, vous nous aviez tous battus, poursuivit l'homme. Maintenant, j'ai plutôt l'impression que c'est elle qui vous a battu, qui vous a apprivoisé.

Il réprima un soupir et serra les poings. La soirée était en train de tourner au vinaigre. Où diable était Gisèle ? Il ne la voyait pas. La fête battait maintenant son plein et les invités commençaient à perdre leurs inhibitions. Blake n'était sans doute pas le seul homme sous le charme de Gisèle. Serait-elle capable de repousser les avances d'un ivrogne, s'il le fallait ?

Inquiet, il scruta les lieux. Si elle avait des ennuis...

— Peut-être est-ce juste la nouveauté qui vous attire, continua Blake. Gisèle ne ressemble en rien aux femmes sexy que vous avez l'habitude de fréquenter. Elle ressemble plutôt à une maîtresse d'école, voire à une bonne sœur.

Au loin, il aperçut enfin Gisèle qui traversait la terrasse et marchait dans leur direction. Ce soir, elle portait une robe bleu marine avec des manches trois quarts et une jupe au-dessous des genoux. Au premier coup d'œil, sa tenue pouvait paraître triste mais elle attisait au contraire sa curiosité. Il mourait d'envie de découvrir sa peau nue et laiteuse en dessous.

Il revint au présent et adressa un sourire menaçant à Blake. Si cet abruti osait faire des avances à Gisèle, il allait avoir de ses nouvelles.

— Si elle ressemble à une bonne sœur, c'est à une bonne sœur sophistiquée, lui lança-t-il.

Il se tourna ensuite vers la piscine où quelques femmes venaient de se mettre en sous-vêtements et s'apprêtaient à plonger dans la piscine. L'une d'elles avait enlevé son soutien-gorge et paradait en string devant des hommes qui la dévoraient du regard.

— Si vous voulez bien nous excuser, il est temps pour nous de partir.

Il tourna les talons et se retrouva nez à nez avec Gisèle qui les avait rejoints. Sans attendre la réponse de Blake, il la prit par le coude et l'entraîna vers la sortie.

Tant pis pour sa promesse de ne pas la toucher sans son autorisation. À cet instant, il n'avait plus qu'une envie, la prendre dans ses bras et la serrer contre lui pour la protéger du regard sournois de ce minable de Blake.

Il ne connaissait cette femme que depuis quelques semaines mais en quelques jours, elle était parvenue à lui faire perdre la tête. Au travail, sa présence brisait toute sa concentration. À chaque fois qu'il respirait son parfum de cannelle et de fleur d'oranger, le désir l'envahissait et lui donnait le vertige.

Hors de question cependant qu'elle devine l'effet qu'elle lui faisait, elle serait capable d'utiliser ce pouvoir à son avantage.

Il serra les dents.

La tension vrillait tout son corps à l'idée que Blake juge Gisèle ou, pire, salive devant elle comme un animal affamé.

— Je n'ai même pas salué Blake ! protesta-t-elle.

— Je m'en suis chargé pour vous.

Il resserra sa main sur son bras tandis qu'ils se faufilaient parmi les invités. Hors de question de s'arrêter alors qu'il voyait tous les hommes la dévorer du regard.

Était-ce son instinct protecteur qui le poussait ? Ou bien était-ce sa frustration qui lui faisait oublier toutes ses bonnes manières ? Il s'était retenu pour ne pas frapper son hôte et maintenant, il rêvait de jeter Gisèle sur son épaule, de la ramener dans sa villa et de la posséder. Il imaginait d'ailleurs clairement la scène. Elle commencerait par être outrée avant de fondre et de lui révéler qu'elle le désirait autant que lui.

Tu rêves, mon pote !

Il ne prétendait pas savoir ce qui se passait dans l'esprit d'une femme. Néanmoins, il n'avait pas manqué de remarquer sa distance et ses regards fuyants.

Aurait-elle voulu rester à la fête ? Avait-elle rencontré un homme ? S'était-il trompé lorsqu'il avait cru lire de l'attirance dans ses yeux, lors des rares moments où elle avait baissé la garde ?

Perdu, il réprima un nouveau soupir. Il n'avait pas l'habitude de douter de lui-même et cette remise en question le rendait fou, mais après avoir vu des traces de vulnérabilité dans ses belles prunelles, et après en avoir appris plus sur sa relation avec son frère, il avait revu son jugement. Si un inconnu essayait de forcer sa sœur à l'épouser, il serait fou de rage.

Il grimaça et refoula ses scrupules. Si l'idée déplaisait autant à Gisèle, elle n'aurait jamais accepté sa proposition.

Il repensa au désir intense qu'il sentait palpiter entre eux… Il allait la charmer, pas ouvertement, mais patiemment. Il était même prêt à lui accorder tout le temps nécessaire.

Gisèle se dégagea et se dirigea vers sa voiture de sport qu'un voiturier venait d'approcher. Elle ne le regarda pas lorsqu'il ouvrit sa portière, elle s'installa sans un mot.

Sans attendre, il se mit au volant et démarra.

— Je suis désolé d'avoir écourté la soirée.

Il ne lui donna pas plus d'explications. Hors de question de lui dévoiler les remarques blessantes de Blake à son égard.

— Mais si vous voulez poursuivre la soirée, aller danser…

— Non merci. Je voudrais rentrer chez moi.

— Vous êtes fatiguée ? Vous n'en avez pourtant pas l'air.

Au contraire même, il avait senti l'énergie bouillonner en elle tandis qu'ils traversaient la villa. De son côté, même s'il voulait échapper à Blake, il n'avait pas envie que la soirée se termine.

— Non ? Nous avons pourtant enchaîné les réunions depuis ce matin. En plus, je trouve très pénible de travailler le soir.

— Travailler ?

Il l'avait invitée à la soirée la plus huppée de la Côte d'Azur et elle la considérait comme du travail ?

— Je connais certaines personnes qui auraient payé très cher pour assister à cette soirée.

— Pas moi. J'ai toutefois eu l'occasion de promouvoir notre nouvelle gamme auprès de quelques invités.

Ses mains se crispèrent sur le volant. Elle venait de lui rappeler que sa priorité était l'entreprise, pas lui.

Il résista à l'envie d'appuyer sur l'accélérateur. Il devait laisser le temps faire son œuvre. Ses protestations cachaient une attirance identique à la sienne, il en avait l'intime conviction.

Lorsqu'il s'arrêta enfin, Gisèle descendit sans même attendre qu'il ouvre sa portière.

— Attendez, je vais vous raccompagner jusqu'à votre porte.

— Inutile, c'est juste ici.

Elle ne pouvait pas supporter la compagnie d'Adam Wilde une minute de plus.

Une bonne sœur ?

Elle avait détesté leur hôte à la minute où elle l'avait aperçu en train de la reluquer. Puis il avait osé dire qu'elle ressemblait à une maîtresse d'école, voire à une bonne sœur ?

Une bonne sœur sophistiquée ?

La réponse d'Adam l'avait bouleversée.

Même s'il faisait semblant d'être amoureux d'elle, ses préférences en matière de femmes étaient claires. Sitôt qu'il l'avait qualifiée de bonne sœur sophistiquée, il avait admiré les femmes sexy en train de se déshabiller devant la piscine.

Depuis l'adolescence, elle savait qu'elle ne serait jamais une beauté classique ou une femme sexy. Elle avait alors passé des années à se convaincre que son nez fort et ses sourcils épais pouvaient être des atouts.

En quelques mots, Adam avait réduit tous ses efforts à néant.

Qu'imaginais-tu ? Avec toi, il joue juste la comédie.

Elle le savait, évidemment qu'elle le savait, alors pourquoi se vexait-elle aussi facilement ? Elle aurait dû au contraire se réjouir qu'il ne la trouve pas désirable.

— Qu'est-ce qui ne va pas ? lui demanda-t-il en se plaçant devant elle, lui bloquant le passage. Quelqu'un a dit ou fait quelque chose qui vous a contrariée ?

Sous la lumière crue du lampadaire, elle remarqua sa mâchoire crispée et son regard sombre. Il avait l'air inquiet.

— Dites-le-moi, Gisèle, et je réglerai le problème.

Son offre l'étonna, et l'émut aussi un peu, jusqu'à ce qu'elle se souvienne que c'était lui, qui l'avait blessée !

Voilà ce qui était le plus effrayant. Après avoir été comparée à sa mère pendant des années, elle avait réussi à se transformer en femme d'affaires confiante. Puis cet homme l'avait repoussée et tous ses complexes étaient revenus comme un boomerang, douloureux, cruels.

Il referma sa main sur son bras.

— Parlez-moi, Gisèle.

Il se pencha vers elle et, instantanément, son parfum indéfinissable l'enivra. Sa bouche s'assécha, ses seins se tendirent et sa tête se mit à tourner.

Tu as beau clamer haut et fort le contraire, tu le désires bel et bien.

Derrière lui, elle aperçut soudain une ombre. Une ombre armée d'un appareil-photo. Pas étonnant qu'Adam soit aussi attentionné, il avait dû voir le photographe.

— Vous voulez savoir ce qui ne va pas ? Ceci. Nous. Tout !

Sans doute Adam allait-il se moquer d'elle, lui rappeler qu'elle avait accepté ce marché et qu'elle devait s'y plier. À sa grande surprise, il demeura cependant silencieux.

— Que se passe-t-il, Adam ? Ne me dites pas que vous voulez décevoir le paparazzi.

— Paparazzi ?

Ses doigts se resserrèrent autour de son bras.

— C'est pour cette raison que vous êtes en colère ?

— Pourquoi ne profitez-vous pas de ce moment ? Pensez à tous ces gens qui se ruent sur les magazines à sensation, impatients de découvrir les secrets de la vie de leurs idoles. D'ailleurs, peut-être devrions-nous nous rapprocher de la lumière, les clichés seraient meilleurs.

Elle n'avait aucun mal à imaginer la photo. L'étreinte chaleureuse d'Adam, sa tête se penchant pour l'embrasser, non pas sur le front mais sur les lèvres… Une envie de vengeance l'envahit. Dès qu'il l'embrasserait, elle lui mordrait fort la lèvre et lui marcherait sur le pied. Aucune femme ne devrait être forcée de se vendre comme elle l'avait été !

Mais qu'adviendrait-il alors de Julien ? Et des employés ?

En fait, elle n'avait pas le choix. Sa vision se brouilla tandis que des larmes lui montaient aux yeux, des larmes de fureur, pas de douleur.

Devant elle, le visage d'Adam demeurait indéchiffrable.

— Vous avez raison, répondit-il enfin en relâchant son bras. Il est tard et vous devez être fatiguée.

Il la poussa vers la porte de sa maison, ni l'un ni l'autre ne prêtant attention à la silhouette cachée au coin de la rue.

Une minute plus tard, la porte se refermait derrière elle. Elle seule.

Il n'avait pas joué les amoureux transis pour les photographes ? Elle ne comprenait pas.

Mais c'était le cadet de ses soucis, lui rappela la voix de la raison. Il l'avait blessée, elle ne devait pas l'oublier.

Pour être honnête, elle regrettait presque qu'il ne l'ait pas suivie dans la maison. Une partie d'elle aurait aimé qu'il entre, qu'il l'étreigne et qu'il la séduise jusqu'à ce qu'elle succombe à cette passion qu'elle s'était refusée pendant si longtemps.

Elle soupira et passa une main lasse sur son visage. Elle était dans le pétrin... Et il était le seul responsable.

7

La frustration marqua les semaines qui suivirent la fête à Cannes.

Grâce à Gisèle, la reprise de la Maison Fontaine ne posait pas de problème. Loin d'être un simple joli visage papillonnant d'une soirée à une autre, sa fiancée connaissait la société comme personne, était capable de répondre à toutes ses questions et débordait d'énergie.

Ce dynamisme l'impressionnait. Malheureusement, chacune de ses tentatives, aussi légère soit-elle, de saluer ses compétences se heurtait à un silence glacial de sa part.

Après les événements de la soirée chez Blake, leur relation était revenue au point de départ.

Il repoussa ses états d'âme. Il n'avait pas de temps à perdre, il était bien trop impliqué, tant dans la prise de contrôle de l'entreprise qu'avec cette femme qui l'empêchait de dormir. Pas parce qu'ils partageaient le même lit mais justement parce qu'ils ne le partageaient pas !

Las, il passa une main sur sa barbe naissante. Était-ce à cause de son apparence peu soignée qu'elle s'était éloignée de lui ? Il jeta un coup d'œil à son reflet dans le miroir de la salle de bains et s'attarda sur son nez cassé. Même avec un smoking, il ne ressemblerait jamais à un prince charmant.

Sans doute Gisèle préférait-elle les hommes plus élégants. Ou du moins les hommes qui ne la forçaient pas au mariage.

Il serra les dents. Il avait acquis la Maison Fontaine pour prouver qu'il était parvenu au sommet. Après avoir passé des années à faire ses preuves, à combattre les préjugés mesquins de ceux qui le considéraient comme un arriviste, il était heureux d'avoir enfin le monde à ses pieds.

Le monde était en effet à ses pieds, à l'exception de Gisèle, non pas qu'il veuille qu'elle soit à ses pieds. Pourtant, en y réfléchissant, cette perspective avait un certain attrait…

À cette idée, son désir se réveilla. Encore une fois.

Ils allaient se marier très bientôt, il aurait dû s'en réjouir. Hélas, il n'y parvenait pas. Son plan pour la séduire s'était emballé lors de la soirée à Cannes et depuis, il avait l'impression que la situation devenait incontrôlable. Peut-être était-ce à cause de ses scrupules, ou de la distance qu'elle lui imposait.

Curieux, il avait bien tenté de comprendre ce qui s'était passé à la fête, mais elle l'avait repoussé. Cette retenue, il pouvait l'accepter. Par contre, son regard blessé, lorsqu'elle l'avait accusé de ne penser qu'aux paparazzis, l'avait anéanti.

Ses concurrents se moqueraient de lui s'ils savaient qu'il était sensible… Mais il avait grandi entre une mère célibataire et une sœur, alors il savait reconnaître ses torts quand il poussait une femme trop loin.

Pourquoi avait-il imaginé que Gisèle Fontaine ne possédait pas de point de rupture ? Parce que ses réponses fougueuses le charmaient ? Parce qu'il y voyait un substitut à la passion physique à laquelle ils n'avaient pas encore cédé ?

Malgré tout, il allait l'obliger à respecter l'accord. Il s'était donné beaucoup de mal pour acquérir la société, et Gisèle, et il refusait de baisser les bras.

Quelques minutes plus tard, il se tenait devant la suite d'hôtel attenante à la sienne.

Il aurait pu louer un appartement pour leur séjour à Paris mais l'idée d'entrer dans le meilleur hôtel de la ville avec Gisèle à son bras le séduisait, non pas parce qu'il voulait la montrer au public, son instinct le poussait plutôt à la garder pour lui, mais pour l'impressionner.

Tu veux qu'elle t'admire pour ta richesse ? Non, ce que tu désires vraiment, c'est qu'elle t'apprécie, qu'elle ait envie de toi, que ses yeux s'illuminent lorsqu'elle te voit.

Arrête de rêver, cela n'arrivera jamais, à moins qu'elle ne soit atteinte du syndrome de Stockholm...

L'amertume le gagna mais il la refoula et frappa à sa porte. Il avait besoin de distraction et la soirée caritative de ce soir était idéale pour lui changer les idées.

Lorsque la porte s'ouvrit enfin, son désir se réveilla instantanément et il arrêta de respirer.

Depuis la soirée à Cannes, Gisèle avait adopté un nouveau look. Ses vêtements cachaient toujours plus qu'ils ne révélaient mais elle avait abandonné les tailleurs sévères et les couleurs sombres. S'il ne la connaissait pas mieux, il pourrait presque croire que son but était de le séduire.

Son regard s'attarda sur ses sensuelles lèvres rouges avant de descendre vers sa longue robe pourpre, une robe sobre mais dont l'encolure bateau dévoilait une bande de peau qu'il mourait d'envie d'embrasser. Le tissu brillant soulignait ses seins sensuels avant de s'épanouir sur ses hanches.

Elle s'écarta et il aperçut alors une cuisse élancée. Sa robe était fendue ? Son pouls s'emballa. Sa température s'envola.

— Je...

Son regard allant et venant sur son corps de déesse, il se racla la gorge. Il n'avait pas l'habitude de perdre ses moyens. Ce soir, cependant, il était tellement charmé et secoué, qu'il avait l'impression de redevenir un adolescent de quatorze ans gouverné par ses hormones.

— Vous... Vous êtes magnifique. C'est une nouvelle robe ?

Elle haussa les épaules et il observa sa peau nue monter et descendre au rythme de sa respiration. Comment sa robe tenait-elle ? Portait-elle un soutien-gorge ou bien ses seins étaient-ils libres, n'attendant que ses caresses ?

Des idées osées plein la tête, il déglutit tant bien que mal. Son nœud papillon s'était-il soudainement resserré ?

— Ne vous inquiétez pas, je ne l'ai jamais portée.

Peu importait si elle l'avait déjà portée ou pas, il se demandait juste comment il allait pouvoir passer la soirée sans enfreindre sa promesse de ne pas la toucher, ou sans se battre avec tous les hommes qui ne manqueraient pas de la déshabiller du regard sitôt qu'elle entrerait dans la salle.

— Vous êtes prêt à partir ?

Oui, il était prêt, même s'il mourait d'envie de rester ici.

Avec ses cheveux blonds tombant en cascade sur ses épaules et son rouge à lèvres rouge vif, elle lui faisait penser à une star hollywoodienne d'antan. Son sex-appeal, son élégance et sa sophistication faisaient battre son cœur à toute allure et rugir son sang dans ses veines.

Elle était si belle qu'il n'avait pas envie qu'un autre homme la voie habillée comme cela.

Il avait promis de ne pas la toucher sans y être invité mais s'il restait ici, seul avec elle, jamais il ne pourrait résister à la tentation. Ce qui voulait dire qu'il n'avait pas le choix.

— Allons-y.

Adam ne lui prit pas le bras lorsqu'ils quittèrent l'hôtel, ni lorsqu'ils rejoignirent la soirée, mais elle s'en moquait. Ce soir, elle se sentait belle. Vêtue de cette robe de satin pourpre, elle avait l'impression d'être une nouvelle femme. Une femme qui avait remarqué l'approbation dans le regard d'Adam. Elle l'avait vu dans la façon dont il était resté bouche bée. Et lorsqu'il avait étudié sa robe, sa peau s'était enflammée partout où son regard s'était posé.

Rien de mieux qu'une telle réaction pour réconforter son ego meurtri. Elle regrettait juste qu'à son âge, après tous les efforts qu'elle avait déployés pour devenir sûre d'elle, les plaisanteries d'Adam et de son ami milliardaire aient ravivé son vieux complexe de ne pas être à la hauteur.

Elle avait eu tellement de mal à acquérir sa confiance en elle, que ces commentaires avaient eu un effet désastreux. Le seul point positif de cette épreuve, c'était qu'elle lui avait donné envie de sortir des limites qu'elle s'était fixées et d'oser. Depuis la soirée de Cannes, elle avait donc commencé à porter des tenues plus audacieuses pour tenter de prouver qu'elle pouvait être désirable et compétente en même temps.

Jusqu'à présent, elle ignorait si elle avait atteint son but. Ce soir, cependant, l'expression d'Adam chaque fois qu'un bel homme lui parlait lui prouvait qu'elle avait réussi. Le regard noir, la mâchoire crispée, il dévisageait l'homme jusqu'à le faire fuir. Et si jamais celui-ci s'attardait, il le prenait par le coude et l'escortait vers quelqu'un d'autre.

Un peu plus tôt, elle avait tenté de lui présenter un jeune prince mais il avait coupé court à la conversation après les salutations d'usage et l'avait emmenée loin de l'homme. Elle pensait pourtant qu'il rêvait de nouer des contacts avec la noblesse européenne.

Pour toute explication, il lui avait répondu qu'il refusait de faire des affaires avec un homme qui la reluquait si outrageusement.

Même si sa robe et son maquillage avaient changé, elle était toujours la même femme, avec les mêmes fragilités, alors sa réponse avait fait du bien à son ego.

Le problème, c'était que sa réaction n'avait pas simplement donné un coup de pouce à sa confiance en elle, elle l'avait aussi excitée.

Plonger dans ses prunelles brillantes, sentir la chaleur de sa silhouette imposante l'engloutir lorsqu'il se tenait à côté d'elle, sentir la chaleur de sa main sur son bras et la chaleur de son regard, avait suffi à l'enflammer.

Elle jouait un jeu dangereux, elle en était bien consciente. Ce soir, cependant, elle n'avait pas l'intention de s'arrêter. Il serait toujours temps de faire preuve de bon sens demain.

— Êtes-vous prête à rentrer ? Il est tard.

— Tard ?

Elle jeta un coup d'œil à la salle, encore bondée. Elle était surprise.

Jusqu'à présent, Adam avait toujours été heureux de s'attarder dans les soirées pour nouer des contacts.

— Nous commençons tôt, demain.

Le travail, bien sûr... Seul le travail l'intéressait.

Sa bonne humeur s'évanouit. Elle avait envie de lui répondre qu'il pouvait partir seul et qu'elle rentrerait par ses propres moyens mais tout à coup, les bavardages et la bonne humeur de la soirée lui paraissaient plus pénibles qu'agréables.

— Bien sûr.

Elle se dirigeait vers la sortie lorsque sa main s'empara soudain de la sienne. Immédiatement, elle s'immobilisa. Dans les semaines qui avaient suivi la soirée à Cannes, Adam ne lui avait pas tenu la main une seule fois. Il lui avait seulement touché le bras.

— Gisèle...

Elle ferma les yeux. À ses oreilles, sa voix profonde était aussi douce qu'une caresse.

Ses doigts noués aux siens, elle se retourna et croisa son regard brûlant. Tout à coup, elle n'entendait plus le bruit de la foule. Elle avait l'impression d'être dans une bulle, seule avec Adam.

— Merci, murmura-t-il. Je sais que j'exige beaucoup mais... Mais vous avez été magnifique.

Elle le dévisagea. À voir son expression sombre et son regard sérieux, elle devinait qu'il ne parlait pas seulement de ce soir. S'excusait-il pour le marché diabolique qu'il lui avait imposé ? Ou bien lisait-elle trop dans de simples remerciements ?

— Je n'ai plus l'air d'une bonne sœur ?

Il écarquilla les yeux. Apparemment, il ignorait qu'elle était au courant.

— Vous avez entendu ? Je suis désolé, Blake a dépassé les bornes. C'est pour cette raison que nous avons quitté la soirée aussi rapidement. Si nous n'étions pas partis, je crois que je l'aurais frappé.

— Pourtant, vous avez dit...

— J'ai dit que vous aviez l'air sophistiqué, et c'est le cas. Vous êtes merveilleusement sophistiquée. Vous possédez plus de classe que toutes les autres femmes de sa fête réunies. Et, pour votre information...

Sa voix se fit plus rauque, plus envoûtante.

— Sachez que j'aime vos robes sévères presque autant que j'apprécie vos tenues plus sexy comme celle que vous portez ce soir.

À son grand étonnement, il prit sa main et l'embrassa. Le frôlement de ses lèvres était étonnamment doux. Avec son physique de pirate, jamais elle n'aurait imaginé qu'il puisse être aussi délicat.

Son baiser laissa une traînée de feu dans son sillage et, comme ensorcelée, elle frissonna de tout son long. Elle s'agrippa même à ses doigts pour ne pas vaciller.

Sans lâcher sa main, il plongea son regard dans le sien et tout à coup, la terre s'arrêta de tourner. Jamais elle n'avait rencontré un homme aussi charismatique et surtout, jamais un homme ne l'avait troublée à ce point. Les pointes de ses seins étaient tendues et son intimité en flammes. En un geste et quelques mots, Adam lui avait fait perdre la tête. En public !

Une femme vêtue d'une robe en strass leva soudain un téléphone dans leur direction et attira son attention.

— Embrassez-moi, murmura-t-elle à Adam.

Ils devaient se marier dans une semaine et Julien ne croyait toujours pas à leur histoire d'amour. Une photo d'eux s'embrassant le persuaderait sûrement.

Convaincre Julien était sa seule motivation.

Non, c'était un mensonge. Elle avait surtout envie de sentir les lèvres sensuelles d'Adam sur les siennes.

— Qu'est-ce que... ?

— Vous avez dit que vous ne me toucheriez pas sans invitation. Ceci est mon invitation.

Adam était connu pour sa rapidité à décider et voilà qu'il hésitait ? Qu'il s'interrogeait ?

La passion brouillant son sens critique, elle s'approcha un peu plus, frôlant son bras avec ses seins.

— Une femme est en train de nous prendre en photo avec son téléphone. C'est le moment idéal pour un baiser en public.

Au lieu d'obéir, il recula. Pourquoi ? Elle voulait qu'il l'embrasse ! Il fusilla la femme du regard, laquelle s'éloigna aussitôt.

— Je ne pense pas que ce soit le bon moment.

Non ? S'était-elle trompée ? Le triomphe qu'elle ressentait quelques minutes plus tôt commença à se fissurer.

Déçue, elle tenta de dégager sa main, de s'éloigner, mais ses doigts refusaient de la lâcher.

— Quand nous nous embrasserons, Gisèle, reprit-il en rivant son regard au sien, ce ne sera pas sous l'objectif d'un photographe.

Son visage était sérieux, presque sévère, mais ses yeux brillaient d'un feu qui n'avait rien à voir avec la colère. Tout à coup, elle avait l'impression d'être face à un miroir et de contempler ses propres sentiments, ses propres sensations, l'excitation, l'impatience…

— Êtes-vous d'accord ?

Son ton avait perdu son onctuosité d'appétissant caramel. Il était presque aussi saccadé que sa respiration.

La bouche sèche, elle se lécha les lèvres, déglutissant nerveusement tandis qu'Adam la dévisageait. Elle frissonna de tout son long et il referma son autre main sur la sienne, l'enveloppant délicatement comme si elle était précieuse.

Elle ne répondit pas. Les mots ne sortaient pas, comment parler quand ses prunelles couleur émeraude brillaient d'une lueur ardente, alors elle se contenta d'acquiescer. Pendant des semaines, elle avait lutté pour lui résister mais ce soir, elle baissait les armes.

Sans la quitter des yeux, il esquissa un sourire langoureux qui la bouleversa.

— Lorsque nous nous embrasserons, reprit-il, nous ne nous arrêterons pas à un baiser. Croyez-moi, nous aurons besoin d'intimité et de beaucoup de temps pour ce que j'ai en tête.

Elle aurait dû être choquée par ces mots. Au lieu de cela, le plaisir la submergea. Tout à coup, leur accord commercial n'avait plus d'importance, pas plus que les médias ou la foule qui se pressait près d'eux. L'intensité de leur désir mutuel était plus forte que toute crainte qu'elle avait pu avoir.

Quelques instants plus tard, ils remontaient le tapis rouge sous les flashs des photographes et, pour la première fois de sa vie, elle les remarqua à peine.

Le trajet jusqu'à l'hôtel se déroula en silence, mais un silence différent, un silence chargé en émotion. Une partie d'elle attendait que les doutes la gagnent, qu'une petite voix dans sa tête lui rappelle qu'il n'était pas un homme de confiance... Mais lorsqu'il prit sa main dans la sienne, toutes ses questions s'évanouirent comme par magie.

Son instinct, un instinct endormi depuis longtemps, lui disait qu'Adam était aussi impatient qu'elle.

Cette certitude ne l'avait toujours pas quittée quand ils montèrent dans l'ascenseur et que, les yeux dans les yeux, il défit son nœud papillon et le premier bouton de sa chemise.

Il partageait cette certitude. Elle la voyait dans les étoiles de désir dans ses yeux, les yeux les plus fascinants, les plus beaux qu'elle ait jamais vus. Elle était aussi là dans le discret tremblement de ses longs doigts autour des siens.

Son attention était tellement concentrée sur l'homme à côté d'elle qu'elle ne se vit pas entrer dans sa suite.

— Gisèle...

Son nom sur ses lèvres sonnait comme une merveilleuse invitation. Pourtant, il ne bougea pas, il demeura immobile, les poings serrés comme s'il résistait à l'envie de la toucher.

Il avait l'air aussi fort et invincible que d'habitude, à l'exception de ces mains agitées et de quelque chose dans son expression qu'elle n'avait jamais vu auparavant. Quelque chose qui lui donnait l'impression d'être unique.

Impatiente de prendre son visage en coupe et de l'embrasser, elle se mit sur la pointe des pieds.

Il referma enfin ses bras autour d'elle et, aussitôt, une puissante vague de bien-être la submergea. Son parfum épicé et sexy la séduisait toujours mais sa composition ne l'intéressait plus. Il lui suffisait de s'en enivrer pour être ensorcelée.

Il posa un doigt sur ses lèvres.

— J'adore ton rouge à lèvres rouge. Ta bouche est la plus sexy que j'aie jamais vue. Tu me rends fou, Gisèle.

À ces mots, son sang se mit à bouillonner dans ses veines, ses joues s'empourprèrent et des feux d'artifice explosèrent partout en elle.

Il ne s'agissait que de mots, le genre de mots que les hommes prononçaient avant de faire l'amour. Malgré tout, comme une formule magique, ils firent s'envoler tous ses derniers doutes.

— Arrête de parler et embrasse-moi plutôt.

Il riva son regard au sien, la fixant comme un pirate sur le point de s'emparer d'un butin puis il captura sa bouche et, instantanément, elle oublia tout. Elle bascula dans un autre monde tandis qu'un frisson délicieux courait dans tout son corps.

Elle s'attendait à un baiser fougueux, elle découvrit la perfection. Leurs bouches semblaient faites l'une pour l'autre. Elles se frôlaient et s'accrochaient dans une danse sensuelle, comme si ce n'était pas leur premier baiser mais des retrouvailles longtemps attendues. Chacun semblait instinctivement savoir ce qui plaisait à l'autre. Adam n'essayait pas de la dominer, il ne cherchait pas à prendre le pouvoir.

Son baiser se fit peu à peu plus gourmand et son plaisir atteignit de nouveaux sommets.

Sa langue se mêlait à la sienne, de plus en plus pressante, de plus en plus envoûtante. Elle jouait avec la sienne avant de se retirer et de plonger à nouveau, plus intensément.

Jamais elle n'avait été embrassée de la sorte. Elle avait déjà rencontré des hommes qui étaient des amants expérimentés mais aucun n'avait su percevoir ses besoins et y répondre comme si seuls ses désirs comptaient.

Chaque contact attisait un nouveau feu en elle et la faisait chavirer un peu plus.

Elle était tellement prise par l'émerveillement et l'urgence croissante de son désir qu'elle remarqua à peine qu'il l'avait installée sur le canapé mais lorsqu'il s'allongea à ses côtés, elle s'abandonna. La chaleur de son corps pressé contre le sien lui donnait le vertige. Toute pensée rationnelle était en train de l'abandonner.

Impatiente, elle se cambra et approfondit le baiser. Ses seins étaient tendus, durs, son intimité était en feu. Elle bouillait. Elle ne pouvait plus attendre.

Sa main experte trouva la fente de sa robe, caressa sa peau nue et une nouvelle décharge électrique la traversa.

— Adam...

Le corps saisi par un éclair de désir, elle plongea dans ses prunelles brillantes, audacieuses, indomptées.

— Je veux...

La sonnerie d'un téléphone l'interrompit et elle réprima un soupir de déception.

— Je suis désolé, je pensais qu'il était éteint.

Il sortit son téléphone de sa poche, le mit en veille puis le posa sur la table basse.

Il se retourna ensuite vers elle, le regard toujours plus gourmand, plus brillant. Sa main se reposa sur sa cuisse avant de remonter jusqu'à sa culotte de soie. Instinctivement, elle bascula les hanches. Elle voulait ces caresses. Elle en rêvait depuis si longtemps...

Mais elle se figea net. Son corps le désirait mais tout à coup, son esprit était ailleurs.

Incapable de s'en empêcher, elle tourna la tête.

Au lieu d'être à plat sur la table, son téléphone était adossé à une boîte de truffes au chocolat, face à eux.

Une sensation de froid l'envahit, son impatience se transforma en nausée et elle blêmit.

— Gisèle ? Qu'est-ce qui ne va pas ?

8

Adam n'en croyait pas ses yeux. Son excitante et vibrante partenaire venait de se figer net. Sa peau, si rose quelques instants plus tôt, était blanche tout à coup. Ses yeux écarquillés étaient fixés sur quelque chose derrière lui. Y avait-il un intrus ? Il se retourna d'un geste brusque, prêt à la protéger.

— Que se passe-t-il ?

Pourquoi cette détresse dans son regard ?

Pour toute réponse, elle secoua la tête et, perplexe, il se retourna une nouvelle fois pour tenter de comprendre. En vain. Rien n'avait changé, à l'exception de son téléphone.

Il le saisit et la sentit aussitôt tressaillir entre ses bras.

— J'ai juste...

Sa voix était à peine plus forte qu'un murmure.

Son téléphone à la main, il s'éloigna du canapé et elle le suivit du regard, ou plutôt elle suivit son téléphone du regard.

Il ouvrit la porte de la chambre adjacente et y jeta son portable, avant de refermer la porte.

Lorsqu'il revint vers elle, elle s'était rassise et avait croisé les bras. À son grand soulagement, elle commençait à reprendre des couleurs.

Oh ! Gisèle...

L'émotion lui serra la poitrine. Il avait bien quelques soupçons mais avant d'agir, il devait en avoir le cœur net.

Alors que son instinct lui ordonnait de la prendre dans ses bras, il s'installa face à elle.

— Était-ce le téléphone ?

— Je suis désolée, je sais que tu ne voulais pas...

Ses soupçons se transformèrent peu à peu en conviction et la nausée le submergea.

— Quelqu'un t'a blessée.

Ce n'était pas une question. Il n'avait qu'à observer son langage corporel pour en avoir la certitude.

Elle acquiesça d'un signe de la tête et il serra les poings. Tout à coup, la rage le tenaillait.

— C'était...

— Veux-tu...

Ils se turent tous les deux. C'était aussi bien, il ignorait quels mots prononcer pour la réconforter.

— Tu n'es pas obligée de m'expliquer.

— J'en ai envie. Je te dois bien ça...

— Tu ne me dois rien.

Sans la quitter des yeux, il s'installa à côté d'elle. Son sourire était timide mais si touchant, que son trouble s'apaisa un peu. Il ressentait même de la fierté pour elle.

— C'était il y a des années, finit-elle par murmurer. J'étais jeune et encore très naïve.

— Ce n'est pas ta faute.

Elle posa une main sur le canapé et il la saisit sans attendre. Il enroula ses doigts autour des siens, soulagé qu'elle ne craigne pas son contact. À l'évidence, cette soirée avait ravivé le souvenir d'un événement traumatisant.

— Tu n'es pas l'homme que je croyais.

Parce qu'il avait deviné ce qui lui était arrivé et qu'il était scandalisé ? Pour quel genre d'homme le prenait-elle ?

— Je suis un homme plein de surprises.

— Je n'en doute pas.

Elle baissa les yeux vers leurs mains liées.

— L'histoire n'a rien d'original. J'ai connu un homme, charmant, attentionné… Je suis tombée amoureuse de lui et j'ai cru qu'il ressentait la même chose.

Elle prit une profonde inspiration et leva les yeux au ciel.

— Compte tenu de mon expérience, j'aurais dû me méfier.

— Ton expérience ?

Il avait l'impression d'avoir manqué un épisode essentiel.

— Ma famille a toujours attiré les regards. À une époque, mes parents étaient même considérés comme le couple le plus glamour d'Europe. Les journalistes épiaient leurs moindres faits et gestes. L'intérêt de la presse pour ma famille n'a pas disparu après la mort de mes parents.

Elle marqua une pause.

— Julien et moi avons vite compris que nous ne pouvions partager de secret avec personne. Les journalistes étaient à l'affût du moindre scoop. Ils voulaient savoir qui nous étions, ce que nous faisions, si nous étions dignes de nos parents…

À l'idée que des enfants puissent être importunés de la sorte, la colère le submergea. Il plongea dans ses souvenirs et passa un doigt sur son nez cabossé. Plus jeune, il n'avait jamais hésité à se battre avec ceux qui insultaient sa famille.

— L'intérêt des médias n'a malheureusement pas diminué avec le temps. C'est pour cette raison également que je n'aurais pas dû être étonnée, ce jour-là.

— Quel âge avais-tu ?

— Dix-sept ans. Lui avait vingt ans.

— Le salaud !

Un homme plus âgé qui drague et blesse une fille vulnérable… Il avait bien envie de cogner cet énergumène.

Gisèle croisa son regard. Il lui suffisait d'apercevoir le douloureux mélange d'émotions sur son visage pour regretter de ne pas avoir été là pour s'occuper de ce type.

— Un jour, nous sommes allés chez lui. Nous étions sur le canapé en train de nous embrasser et puis…

Elle déglutit et sa douleur lui brisa le cœur.

— Cet abruti a utilisé son téléphone pour vous filmer en train de faire l'amour ?

— Entre nous, il n'a jamais été question d'amour. Il voulait juste profiter de ma notoriété.

À cet instant, son regard était si brûlant qu'il aurait pu faire fondre la neige. Tant mieux, il préférait la colère à la douleur.

— Je déteste savoir que tu as souffert.

Il caressa le dos de sa main.

— Donne-moi son nom, Gisèle, et je vais lui faire regretter ce qu'il t'a fait subir. Tu peux être sûre qu'après, il n'enregistrera plus jamais de sextapes.

Les avait-il partagées avec des amis ? Les avait-il mises en ligne ? Il contracta les poings pour éviter d'exploser.

Elle serra un peu plus sa main, interrompant ses pensées rageuses.

— Inutile, je m'en suis occupée, et ce n'était pas vraiment une sextape. Nous ne sommes pas allés aussi loin.

Le rouge lui monta aux joues, lui donnant l'air encore plus jeune, encore plus vulnérable. Ce type avait-il été son premier amant ? Cette éventualité lui donnait la nausée.

— Vous n'avez donc pas consommé...

— Non, c'était... Il ne s'agissait que de caresses un peu poussées, nous n'étions même pas entièrement nus.

Malgré tout, les doigts d'Adam se crispèrent. Si ce salaud avait été devant lui, il n'aurait pas hésité à lui dire sa façon de penser.

— Pour une raison que j'ignore, j'ai soudain aperçu son téléphone posé sur la cheminée, braqué dans notre direction. Je l'ai alors interrogé et sa réaction ne m'a pas convaincue. Depuis toute petite j'ai l'habitude des paparazzis, alors j'ai vite deviné que quelque chose ne tournait pas rond. J'ai réussi à attraper son téléphone et j'ai découvert qu'il nous filmait.

Le regard brillant, elle releva le menton, digne, fière. Jamais il ne l'avait trouvée aussi belle.

— Il a tenté de l'attraper, mais dans la bagarre, j'ai réussi à lui donner un coup de genou dans le bas-ventre puis j'ai jeté le téléphone par la fenêtre. Il possédait une maison à flanc de falaise, alors son portable est tombé dans la mer.

Malgré la gravité des événements, il esquissa un sourire. Gisèle possédait un sacré caractère !

— Tu t'en es sortie saine et sauve ?

Elle acquiesça.

— Je m'en réjouis.

Il se rappela Angela, à dix-sept ans. Si elle s'était retrouvée dans une situation similaire...

— Donne-moi son nom, Gisèle. Je sais que tu as réglé la situation mais j'ai envie de dire deux mots à cet abruti.

La voix d'Adam était douce, aussi douce que sa main sur la sienne, mais elle ne pouvait ignorer sa fureur. Avec sa barbe sombre, son regard noir et ses cheveux ébouriffés, il n'avait jamais autant ressemblé à un pirate prêt à passer à l'attaque.

Pour être honnête, sa colère la touchait. Elle n'avait parlé à Julien de cet événement que des années plus tard et son frère avait évidemment été furieux et avait pris toutes les mesures possibles pour que Paul ne revienne jamais dans son orbite, mais elle n'avait pas ressenti le frisson qu'elle éprouvait à cet instant en voyant la réaction protectrice d'Adam.

Adam était un homme sans pitié prêt à tout pour défendre ceux qu'il aimait, ou ceux qui avaient été blessés.

— Ce n'est pas nécessaire. Le lendemain matin, j'ai rendu visite à sa tante que je connaissais bien. Son neveu dépendait d'elle pour son travail.

— Tu as fait preuve de beaucoup de courage, murmura-t-il en caressant doucement ses doigts.

Elle se souvenait avec une horrible précision du choc et de la nausée qu'elle avait ressentie, et surtout de sa honte, même si elle n'avait rien fait de mal.

— Je n'avais pas le choix, je devais le raconter, je ne voulais pas qu'il recommence avec une autre. Sa tante m'a promis de lui apprendre à traiter les femmes avec respect. Pour autant que je sache, Paul se tient aujourd'hui à carreau.

Adam semblait prêt à argumenter mais elle reprit, le coupant dans son élan :

— Le passé est le passé. Je ne veux plus revenir sur cette histoire.

Elle pensait d'ailleurs avoir oublié l'incident, jusqu'à ce qu'elle aperçoive le téléphone d'Adam sur la table.

Elle le regarda lâcher un long soupir.

Adam Wilde reculait ? Voilà une première.

Comment réagirait-il s'il savait que sa tentative de la réconforter commençait à faire battre son cœur un peu plus vite ?

Une vague de chaleur la submergea.

— Tu préfères sans doute rester seule.

— Non ! cria-t-elle dans un cri du cœur.

À sa grande surprise, l'idée qu'il s'en aille la peinait.

— Ce que je veux dire, c'est que... Je...

Bon sang... Pourquoi avait-elle autant de mal à s'exprimer ? Elle n'était plus une adolescente.

— Si tu...

— Je sais que nous ne terminerons pas ce que nous avons commencé ce soir, mais si tu veux de ma compagnie...

Elle acquiesça et aussitôt, tous ses muscles se détendirent.

— Si cela ne te dérange pas de rester un petit peu.

Ce n'était pas le moment de se demander pourquoi l'homme qu'elle considérait comme son ennemi était la seule personne dont elle avait besoin pour la réconforter.

Il se leva et attrapa la télécommande de la télévision.

— Tiens, choisis un programme pendant que je commande un petit quelque chose à manger.

Elle n'avait pas faim mais elle ne discuta pas. La perspective de regarder la télévision pour se changer les idées lui plaisait, et l'idée de se blottir contre Adam la séduisait encore plus.

Quelque chose avait changé entre eux ce soir. Ses sentiments avaient changé. Elle lui faisait confiance. En fait, elle lui faisait confiance depuis un certain temps. Adam Wilde était un négociateur acharné et ses exigences étaient tout à fait scandaleuses, mais après avoir observé sa réaction face aux actes de Paul, elle le voyait sous un jour nouveau.

Il était toujours aussi charismatique mais il ne lui paraissait plus aussi intimidant qu'auparavant.

— Tu n'as encore rien trouvé ?

Il posa une couverture moelleuse sur ses genoux.

Sans attendre de réponse, il reprit la télécommande et s'installa à côté d'elle, sans la toucher. Cette distance était délibérée, il respectait son espace.

Il respectait les femmes, il avait été bien élevé.

Malgré tout, il t'a contrainte au mariage.

En effet… Décidément, cet homme avait deux facettes.

— Pourquoi les hommes aiment-ils à ce point les télécommandes ?

— C'est dans notre ADN.

Elle étouffa un petit rire, surprise par la facilité avec laquelle il détendait l'atmosphère.

Il haussa les épaules et elle remarqua qu'il s'était débarrassé de sa veste. Son regard se porta instantanément sur sa chemise blanche dont les deux premiers boutons étaient ouverts. Rien n'était plus érotique qu'un nœud papillon défait sur une chemise ouverte. Son sang se mit à bouillonner dans ses veines. Sa fine chemise soulignait les muscles parfaitement ciselés de ses épaules et de son torse. Sans sa veste, il lui paraissait même plus grand et plus intimidant.

Il lui tendit la télécommande.

— Tu veux choisir ?

— Loin de moi l'idée de te priver de ce plaisir, mais pas de films d'horreur, s'il te plaît.

— Un film d'action, alors ? lui demanda-t-il avec un clin d'œil malicieux.

Quelques minutes plus tard, lorsque le majordome arriva avec un grand plateau, il avait opté pour une adaptation d'un classique de Jane Austen.

— Ma sœur m'a conseillé ce film.

Il parlait donc cinéma avec sa sœur. Étaient-ils aussi proches que Julien et elle ? Elle était curieuse.

— C'est parfait.

Il lui tendit une tasse fumante qui sentait bon le miel et la cannelle. Elle la serra entre ses deux mains et savoura l'odeur qui lui évoquait l'enfance, les câlins et les histoires du soir.

— Du lait chaud et du miel ?

Elle pensait qu'il allait lui proposer un alcool fort.

— Cette boisson t'aidera à te détendre et à t'endormir.

— Pourtant, tu bois une bière, toi.

— Un homme doit prendre des forces s'il veut regarder un film inspiré d'un roman historique. Tu veux des chips ?

Il lui tendit un bol. Elle se servit, croqua dans une pomme de terre croustillante avec plaisir.

— J'aime beaucoup les chips mais j'en mange rarement.

La presse avait été impitoyable au début de son adolescence, critiquant ses rondeurs, la poussant dans une spirale de complexes dont elle avait mis des années à sortir.

Elle se blottit plus profondément contre les coussins.

— Je pensais que les milliardaires préféraient le caviar.

— Je suis un homme de la classe ouvrière, mes adversaires ne manquent d'ailleurs pas une occasion de me le rappeler.

Quelque chose dans sa voix attira son attention, un petit quelque chose qu'elle ne parvenait pas à identifier.

À sa grande surprise, elle se sentait bien avec Adam à ses côtés, Adam qui connaissait maintenant un de ses secrets alors qu'elle avait passé son temps à protéger sa vie privée.

Quelques heures plus tard, elle se réveilla sur le matelas le plus chaud et le plus douillet qu'elle ait jamais connu. Un sourire aux lèvres, elle laissa ses doigts se promener sur la surface du matelas et lentement, son cerveau endormi se rendit compte qu'il s'agissait d'une cage thoracique.

Elle ouvrit les yeux. Elle ne se trouvait pas dans une chambre mais dans un luxueux salon éclairé par de douces lumières tamisées. Avec Adam.

Il dormait, étalé sur le canapé, la tête posée sur un coin de coussin, son bras enroulé autour de ses épaules.

Les souvenirs de la soirée de la veille lui revinrent en mémoire. L'excitation, le baiser, le désir, et ce terrible moment de panique où elle avait craint que le passé ne se répète, puis la douceur d'Adam et surtout sa bienveillance.

Elle le dévora du regard. C'était la première fois qu'elle avait le luxe de l'observer sans être interrompue.

Elle s'enivra de cette odeur indéfinissable qui l'intriguait et son pouls s'emballa. Il était si charismatique, si envoûtant… Même sa barbe de trois jours la charmait.

Comment serait l'amour avec lui ? Les relations intimes ne faisaient pas partie de leur contrat mais c'était cette direction que prenait leur relation, la nuit dernière.

Il soupira soudain dans son sommeil et, honteuse de ses pensées osées, elle sursauta. Sa main retomba sur sa cuisse dure. Et ses doigts effleurèrent quelque chose de tout aussi dur.

9

Une seconde passa, puis une autre. Que devait-elle faire ? S'excuser ? Se déplacer ? Elle était perdue.

Lorsqu'il ouvrit les yeux, elle plongea dans son regard torride et renonça aussitôt à mentir. Comme si son corps agissait indépendamment de son cerveau, sa main quitta sa cuisse, se positionna sur son sexe tendu et la fièvre s'empara d'elle. Elle croisa son regard perçant et ses joues s'empourprèrent aussitôt. Pouvait-il lire dans ses pensées ?

— Je n'avais pas l'intention de te toucher, finit-elle par lâcher.

— Et pourtant...

Sa voix rauque glissa sur elle avant de se répercuter au creux de son ventre et d'éveiller tous ses sens.

— Et pourtant, je t'ai touché.

À sa grande surprise, ses joues s'empourprèrent encore plus. Elle avait l'impression que même ses seins rougissaient. Gênée, elle tenta de retirer sa main mais il l'en empêcha en la recouvrant avec la sienne, la pressant un peu plus contre lui.

Un nouveau frisson la traversa. Plus elle le caressait, plus sa température montait. Elle n'allait pas tarder à être en feu.

Elle déglutit, s'humecta les lèvres et il répondit en gémissant.

— Ne me regarde pas comme ça, je ne suis qu'un homme.

Peut-être, mais pas n'importe quel homme.

— C'est toi qui retiens ma main.

— Tu ne veux pas me caresser ?

Bien sûr qu'elle voulait le caresser et il le savait très bien. Depuis leur rencontre, elle tentait de toutes ses forces de lui résister. Désormais, elle comprenait que la bataille était perdue d'avance, la tentation était bien trop grande.

— Je ne devrais pas, tu m'as imposé un marché diabolique.

Pourtant, elle n'arrivait pas à se mettre en colère. L'indignation qu'elle avait ressentie lorsqu'il lui avait fait sa demande ne pesait plus très lourd face à son désir viscéral.

Et puis, il avait été tellement bienveillant, la veille. À cet instant, ce n'était pourtant pas sa bienveillance qui l'attirait.

Il lâcha sa main et se redressa puis riva son regard au sien.

— Je ne te forcerai jamais à avoir une relation intime.

— Je sais mais… mais je te désire, Adam. Voilà, je l'ai dit.

Il ne répondit pas. Peut-être se réveillait-il régulièrement avec une érection. Peut-être son excitation n'avait-elle rien à voir avec elle. Peut-être même l'avait-il embrassée juste par curiosité, hier soir, lui soufflait une petite voix qui ressemblait à celle qui l'avait ridiculisée dans sa jeunesse en lui répétant qu'elle était trop ronde, trop ordinaire, trop inintéressante…

Elle se força à se reprendre. Cette nuit, hors de question d'écouter ses complexes. Et si Adam ne voulait pas d'elle, il n'avait qu'à le lui dire en face.

Décidée, elle se redressa et rassembla son courage.

— Alors ? Tu n'as rien à dire ?

Sa voix vacillait un peu. Après tout, elle mettait sa fierté en jeu. Elle n'avait jamais dit à un homme qu'elle le désirait et cette perspective l'effrayait et la stimulait en même temps.

— Que veux-tu que je te dise ? Que je te désire ? Bien sûr que je te désire, tu viens d'en avoir la preuve physique, mais il y a quelques heures à peine, tu étais bouleversée. Il serait malvenu de ma part de profiter de toi.

L'homme qui l'avait forcée à un mariage blanc avait peur de profiter d'elle ? Ses scrupules étaient admirables mais il en avait moins lorsqu'il lui avait imposé le mariage !

Pourquoi y repensait-elle, tout à coup ? Cherchait-elle à se mettre en colère dans l'espoir de tenter de rassembler son courage parce qu'elle n'avait jamais fait d'avances à un homme ? Elle l'ignorait mais ne lui avouerait jamais cette information, il fuirait à coup sûr.

— D'accord.

Et lui, craignait-il qu'elle le rejette ? À vrai dire, cette idée lui plaisait. Savoir qu'Adam ressentait un désir aussi irrésistible que le sien la réconfortait.

— Puisque c'est comme ça, je vais prendre l'initiative mais si je fais quelque chose que tu n'aimes pas, dis-le-moi.

Oubliant toute retenue, elle prit ses joues râpeuses en coupe puis effleura ses lèvres avec les siennes, une fois puis une deuxième fois. Elle se délecta du délice de ce contact et des frissons qui glissaient le long de son dos.

Au troisième passage, ses lèvres sensuelles s'entrouvrirent, son souffle chaud s'échappa dans un soupir rauque et la chair de poule la gagna. Tous ses poils se dressèrent instantanément. Submergée par l'envie, elle l'embrassa avec fougue, libérant tout le désir qu'elle recelait en elle.

Ses mains fermes se posèrent sur ses hanches puis descendirent plus bas jusqu'à s'attarder sur la courbe de ses fesses. Électrisée par ses caresses, elle se pressa de façon lascive contre lui puis, mue par un désir incontrôlé, incontrôlable, elle s'arc-bouta. Une drôle de sensation lui serrait le ventre. Tout à coup, elle n'avait plus qu'une envie, sentir ses mains sur sa peau nue et s'en délecter jusqu'à l'ivresse.

Ensorcelée, elle plongea dans ses prunelles profondes et s'attarda sur son beau visage.

— Je ne vais ni trop loin ni trop vite pour toi ?

Il esquissa un sourire malicieux.

— C'est bon, je peux suivre.

Encouragée par ses mots et ses exquises caresses, elle se lova un peu plus contre lui. Elle vibrait de la tête aux pieds, son corps n'était plus qu'un arc sensuel. Un feu intense crépitait entre ses cuisses et ses seins étaient tendus.

Elle avait le vertige. Aller plus loin, c'était se jeter dans l'inconnu. Serait-elle capable de le suivre ?

Elle refoula ses interrogations. Elle était en train d'embrasser un homme qu'elle désirait, et qui la désirait. À quoi bon se poser autant de questions ?

— Tu as des doutes ? lui demanda-t-il soudain.

— Pas du tout. Je me disais juste que tu es exactement l'homme qu'il me faut.

Pour toute réponse, il l'attira à lui et elle plongea une nouvelle fois dans les profondeurs insondables de ses prunelles couleur émeraude.

Cette fois, il ne se contenta pas d'effleurer ses lèvres, il l'embrassa avec une gourmandise non contenue, avec une incroyable fougue. Il enfouit ses doigts dans ses boucles et elle s'abandonna à l'enivrante vague de ses baisers qui balayait toutes ses angoisses.

Il intensifia le baiser et le feu se propagea partout en elle. Ce n'était plus du sang qui coulait dans ses veines mais de la lave incandescente.

Le corps agité de spasmes, elle se tortilla contre lui mais sa jupe la gênait. Adam vint à sa rescousse. Il écarta le tissu puis sa main experte s'attarda sur sa cuisse avant de monter de plus en plus haut. Elle ne songea pas à l'arrêter. Au contraire, sans jamais cesser de l'embrasser, elle écarta les genoux et se plaqua contre lui.

Chaque baiser, chaque caresse, allumait de nouveaux feux d'artifice en elle et la consumait. Elle rêvait d'explorer son corps mais en attendant, elle était juste heureuse de savourer l'instant.

Lorsqu'il effleura la pointe d'un sein à travers son soutien-gorge de dentelle, elle laissa échapper une plainte sourde et tout son corps se mit à vibrer. La sensation était si puissante qu'elle avait le tournis.

Sous le charme, elle lui mordilla la lèvre puis planta ses mains sur ses épaules, non pas pour le repousser, mais parce qu'elle avait besoin de se stabiliser tellement elle était troublée.

Il insinua soudain sa main sous la dentelle de sa culotte, se glissa dans ses replis les plus intimes et, comme envoûtée, elle rejeta la tête en arrière avant de s'abandonner à l'insupportable délice de ses caresses.

Une onde de choc de plaisir la transperçant, elle se mit à haleter. Il était en train de la mener au bord du précipice.

— Laisse-toi aller, Gisèle.

Sa voix était enivrante comme un cognac millésimé.

— Je ne peux pas…

Elle ne pouvait pas atteindre les prémices de l'orgasme aussi rapidement, elle avait passé toute sa vie d'adulte à se retenir, à se protéger, pour ne plus jamais se trouver en position de faiblesse face à un homme. Ce soir, cependant, elle ne pouvait pas résister, la pression était trop forte, le plaisir trop intense.

Il déposa une nuée de baisers coquins sur sa bouche puis descendit vers sa gorge et laissa sa langue aller et venir sur sa peau palpitante.

— Lâche-toi, je suis là pour te rattraper.

Il insinua un doigt en elle, puis un deuxième et se retira avant de recommencer. Il semblait avoir une connaissance intuitive de son corps. Peu à peu, ses doigts experts accélérèrent leurs allers et retours et le sol se déroba sous ses pieds. Prise de vertige, elle se mit à frissonner de tous ses membres puis elle bascula dans un autre monde. Une déflagration de sensations, sauvages et merveilleuses, explosa en elle. Elle s'envola.

Une chaleur intense l'envahit et toute pensée rationnelle l'abandonna. Éblouie, elle se lova contre son corps ferme tandis qu'il la serrait entre ses bras puissants.

— Tu es incroyable. Si fougueuse…

Elle esquissa un sourire désabusé. Voilà le résultat d'absence de vie sexuelle, il n'en fallait pas beaucoup pour perdre la tête.

— J'aime te regarder jouir. Tu es tellement belle…

— Inutile de me flatter.

— Je ne te flatte pas, c'est la vérité.

Elle le regarda froncer les sourcils et les doutes l'envahirent.

Était-il possible qu'il soit sincère ? Peut-être était-ce elle qui avait un problème, elle avait été si souvent comparée à sa mère. Ou peut-être était-ce simplement le genre de mots que prononçaient les hommes avant l'amour.

L'amour… Elle était nerveuse, tout à coup. Allait-elle le décevoir ? Allait-il s'apercevoir de son inexpérience ?

— Tu as un préservatif ? lui demanda-t-elle pour tenter de reprendre le contrôle.

— Plusieurs.

— Eh bien…

— Depuis que je t'ai rencontrée, je suis toujours prêt.

Incrédule, elle écarquilla les yeux. Était-il sérieux ?

— Je suis prêt depuis le premier jour. À chacune de nos rencontres, j'étais équipé.

Elle aurait voulu être indignée par son aveu mais elle était surtout stupéfaite.

— Tu pensais vraiment, dès le premier jour, que je…

Il pressa un doigt sur ses lèvres, l'empêchant de parler, et elle s'enivra du parfum musqué de son orgasme.

— Je ne suis pas en train de dire que je pensais que nous allions faire l'amour le premier jour, loin de là, mais je savais depuis le début que je te désirais.

Il laissa ces mots flotter en suspension entre eux avant de reprendre :

— Je savais que tu finirais par reconnaître ce lien qui existe entre nous.

Il faisait référence au sexe, uniquement au sexe, forcément.

Après réflexion, il avait raison, leur aventure était inévitable.

— Ainsi, tu me désires depuis Nice ?

— Tu n'imagines pas à quel point. Tu étais si sexy, si séduisante, dans ton tailleur.

— Mes tenues ne sont pas séduisantes, elles sont sérieuses et professionnelles.

Il lui sourit et son cœur se mit aussitôt à battre la chamade.

— Tes vêtements sont peut-être sérieux et professionnels, mais ils ne peuvent pas cacher la femme sulfureuse qui est en dessous. Rien n'est plus excitant que d'imaginer ce que tu portes sous tes tenues sévères.

Son regard torride glissa vers sa poitrine.

— Ce que tu portes, ou pas.

Sous le choc, sous le charme, elle retint son souffle et se mordit la lèvre. S'il imaginait qu'elle était une femme fatale, il se faisait des illusions mais ce soir, peu lui importait. Elle avait juste envie de savourer son compliment.

Tous les sens en émoi, elle posa sa main sur sa joue, se délecta du contact avec sa barbe naissante, et refoula ses doutes.

— Il est peut-être temps de sortir un préservatif.

— Il est surtout temps d'aller au lit.

Ils méritaient mieux qu'un canapé trop étroit. Sans compter qu'il avait bien besoin de quelques minutes pour se contrôler. Il était au bord du précipice et ne voulait pas perdre la tête trop tôt. Il attendait Gisèle depuis tellement longtemps qu'il voulait profiter de chaque minute, de chaque seconde.

La regarder jouir, entendre ces petits soupirs d'émerveillement et la sentir frissonner d'extase l'avait bouleversé, et avait encore renforcé son désir.

Impatient, il la prit dans ses bras. Elle était la féminité personnifiée. Sa peau rose palpitait, ses cheveux blonds tombaient en cascade sur ses épaules nues tandis que la fente de sa jupe lui faisait l'effet d'une invitation pour le paradis.

Son ventre se serra et son sexe se tendit encore plus. Quelques minutes plus tôt, sa main avait suivi ce même chemin. Elle était remontée le long de sa jambe élancée jusqu'à découvrir son intimité brûlante.

Même habillée, il la trouvait séduisante, ensorcelante. Son physique lui plaisait mais pas seulement. Son intelligence l'excitait, son caractère le stimulait... En fait, tout en elle le séduisait.

Il se dirigea vers la chambre à coucher.

Gisèle s'emboîtait parfaitement dans ses bras, et elle s'emboîterait encore mieux lorsqu'elle serait nue.

Avec d'infinies précautions, il la déposa à côté du lit, serrant les dents pour maîtriser son plaisir tandis que son corps de déesse glissait le long du sien.

Sans ses talons, elle lui paraissait toute petite et tout à coup, il avait peur de la blesser, de l'écraser sous son poids.

Son bon sens le rappela à l'ordre. Il n'avait encore jamais fait de mal à une femme, il n'y avait aucune raison pour qu'il commence ce soir.

— Il est temps de se déshabiller.

— Toi d'abord.

Il avait rêvé qu'ils se déshabilleraient l'un l'autre mais cette solution était préférable. Si Gisèle le déshabillait, si elle posait ses mains sur lui, il perdrait la tête. Il exploserait tout de suite.

Pressé, il se débarrassa de ses chaussures et de ses chaussettes. Il ouvrit ensuite sa chemise d'un coup sec.

Un sourire sensuel aux lèvres, Gisèle surveillait chacun de ses mouvements. Son regard était si brillant, qu'il faisait pétiller sa peau partout où il se posait.

— Aide-moi avec mes boutons de manchette.

Elle s'approcha et son riche parfum fleuri l'enivra.

Bouillant d'impatience, il retira sa chemise et la jeta au loin, heureux de la voir écarquiller les yeux en découvrant son torse. Sans se vanter, il était plutôt musclé.

Il ne lui fallut que quelques secondes supplémentaires pour se débarrasser du reste de ses vêtements.

En général, à ce moment-là, sa partenaire était également nue. Il ne se souvenait pas s'être déshabillé pour une femme mais, à sa grande surprise, cette façon de faire lui plaisait. En réalité, c'était moins le fait de se déshabiller seul qui lui plaisait que la réaction fascinée de Gisèle. Elle le dévorait des yeux comme si elle n'avait jamais vu un homme nu. Son regard étincelant, mélange de désir et d'admiration, était tout ce à quoi il rêvait.

Des idées osées plein la tête, il prit sa main et la posa sur son torse. Comme aimantée, elle écarta les doigts et s'approcha un peu plus. Voilà qui était mieux, beaucoup mieux.

— À ton tour.

Sans baisser les yeux, elle posa une main sur son corsage, passa l'autre derrière son dos et, en silence, fit glisser la fermeture Eclair de sa robe. Puis, avec une lueur dans les yeux qu'il ne pouvait pas interpréter, elle écarta les bras et sa robe tomba à ses pieds.

Sous le choc, sous le charme, il demeura bouche bée, la gorge nouée. Il savait déjà qu'elle était belle, mais découvrir ses seins ronds aux pointes tendues le troublait, l'envoûtait. Un raz-de-marée de désir était en train de le terrasser.

Sa taille étroite, ses hanches sensuelles, ses cuisses élancées... Elle était parfaite et la tentation était trop forte, il ne pouvait pas attendre plus longtemps.

Son sang bouillonnant dans ses veines, il saisit son portefeuille, récupéra quelques préservatifs et les posa sur la table de nuit. Lorsqu'il se retourna, Gisèle était déjà sur le lit, son corps de déesse alangui comme si elle n'attendait que lui.

Elle semblait un peu nerveuse.

Pour être honnête, lui aussi était nerveux. Il devinait que ce moment serait plus important que toutes ses aventures précédentes, plus intense.

Il saisit un préservatif, le déchira et, dans un suprême effort de maîtrise, l'enfila, le regard de Gisèle suivant chacun de ses mouvements. Lorsqu'il la vit déglutir, il perdit la tête. Tout à coup, son désir ne connaissait plus de bornes.

Des idées osées plein la tête, il la chevaucha puis se pencha pour lui caresser la poitrine. Sa peau était incroyablement douce, soyeuse et parfumée. Envoûté, il ferma les yeux avant de refermer la bouche sur la pointe offerte d'un sein.

Savourant son plaisir sans honte, il s'attarda sur un sein, puis sur l'autre et sentit peu à peu ses cuisses s'ouvrir sous lui. Il embrassa sa bouche sensuelle et elle laissa échapper un cri rauque qui l'ensorcela.

En quelques secondes, ses caresses l'avaient fait passer de l'état de besoin à l'état de désespoir.

Ses doigts délicats effleurèrent soudain son érection, s'enroulèrent autour de son sexe tendu à l'extrême et il faillit perdre le contrôle. Elle était en train de le tuer à petit feu.

— S'il te plaît, Adam...

Elle n'avait pas besoin de le convaincre.

Même si l'idée d'explorer son corps le séduisait, il mourait d'envie de se perdre en elle. Maintenant qu'elle le tenait dans sa main, allait-il être capable de tenir longtemps ?

Frémissant de tout son long, il s'allongea au-dessus d'elle. Il lui prit ensuite la main et la porta à ses lèvres. Il embrassa sa paume avant de la plaquer contre le lit, au-dessus de sa tête. Il saisit ensuite son autre main et fit de même.

Elle se cambra, écarta les jambes et il se positionna entre elles. Une explosion de sensations inédites le saisit aussitôt. Le frottement de sa peau lisse contre la sienne, les petits ajustements de leurs corps l'un contre l'autre, le parfum du sexe, des fleurs et de quelque chose qui n'était que Gisèle... Tout en elle l'ensorcelait.

L'espace d'une seconde, il demeura immobile puis il insinua un doigt entre ses replis humides et brûlants.

— Je m'assure juste que tu es prête, ma chérie.

Il la caressa, lentement, longuement, savourant le mouvement sensuel de ses hanches contre sa main. Puis il plongea dans ses prunelles argentées avant de la pénétrer d'un coup de reins puissant.

Ils étaient en train de faire l'amour, il n'en revenait toujours pas.

Il s'immobilisa soudain, stupéfait, elle était si serrée... Mais il ne pouvait pas se retenir, son désir n'avait plus de limites. Il donna alors un coup de reins et la vit se raidir, retenir son souffle et fermer les yeux. Instantanément, il lui lâcha les mains et se redressa pour ne pas l'écraser.

— Je t'ai fait mal ?

— Non mais c'est... C'est nouveau, pour moi.

— Nouveau ?

Nouveau ? Elle ne pouvait pas vouloir dire… Et pourtant…

Une partie de lui s'en voulait de ne pas avoir deviné. Une autre partie de lui se réjouissait. Gisèle était à lui et il était à elle comme aucun autre homme ne pourrait jamais l'être.

Elle s'agrippa à lui et enfouit ses ongles dans ses fesses.

— Tu ne vas pas t'arrêter, n'est-ce pas ?

— Non, sauf si tu me le demandes.

— Non.

— Tant mieux.

Parce qu'il n'avait aucune idée de la façon dont il y parviendrait.

Au lieu de cela, il se retira lentement, frissonnant à la sensation exquise du frottement entre leurs deux corps, avant de replonger doucement dans son envoûtante chaleur.

Cette fois, Gisèle était prête. Elle souleva même les hanches pour l'accueillir plus profondément en elle.

Il se retira pour embrasser ses seins, leur accordant toute l'attention qu'ils méritaient, jusqu'à ce qu'elle se mette à haleter, à se tortiller d'impatience et à le supplier.

Comment lui résister ? Impossible, elle l'avait ensorcelé. Son corps bougeait déjà de lui-même. Il ne pouvait pas s'arrêter. Il ne voulait pas s'arrêter. Quand elle le regardait avec ses prunelles qui brillaient autant que des diamants, il ne pouvait que succomber.

Il glissa sa main entre eux, trouva son point sensible et y appliqua une douce pression.

Il la vit retenir son souffle, écarquiller les yeux et sentit peu à peu le changement en elle, le frémissement de l'orgasme qui approchait. Magiquement, son sexe se transforma en feu tandis qu'un picotement de sensations inédites se développait à la base de sa colonne vertébrale.

Ils ne formaient plus qu'un, désormais.

Quelques secondes plus tard, une vague de plaisir inouï déferla sur lui, emportant tout sur son passage.

Il l'entoura de ses bras, la serra contre lui le temps qu'ils reprennent pied et une merveilleuse sensation de bonheur le gagna, une envie intense de la protéger.

10

Après être allé se débarrasser du préservatif, Adam s'arrêta sur le seuil de la chambre. Seul indice de leur abandon quelques minutes plus tôt, les cheveux de Gisèle étalés sur l'oreiller. Elle dormait sur le côté, une main sous l'oreiller, les genoux légèrement pliés comme si, même dans le sommeil, elle se retenait, ou comme si elle n'avait pas besoin de lui.

Le malaise le saisit. Que faire ? Il hésitait. S'il s'était agi d'une autre femme, il se serait glissé à côté d'elle, il l'aurait serrée contre lui avant de la posséder une nouvelle fois.

Il passa une main dans ses cheveux pour tenter de réveiller son cerveau. En vain. Il était bloqué sur le fait qu'elle était vierge. Vierge !

La porte-parole soignée qui dirigeait l'une des entreprises les plus prestigieuses du monde était vierge… La femme sexy qui avait attisé sa libido en un court extrait de film visionné à l'autre bout du monde était vierge…

Et cette femme, qu'il convoitait depuis des semaines, et qui lui avait offert l'une des expériences sexuelles les plus spectaculaires de toute sa vie, avait la poitrine rougie par le contact avec sa barbe de trois jours.

— Si tu ne veux pas revenir au lit, ce n'est pas grave, murmura-t-elle soudain.

Il s'assit sur le lit et repoussa les cheveux tombés sur son visage parfait. Il avait besoin de voir son regard et surtout, il ne pouvait pas s'empêcher de la toucher.

Avec sa réserve et sa peau satinée, elle était l'incarnation même de la douceur. Mais elle était aussi forte, et énergique. Gisèle était une femme avec laquelle il fallait compter.

— Rien ne me plairait plus que de partager ce lit avec toi mais je me disais que tu voudrais sans doute de l'intimité.

Leurs regards se croisèrent et une chaleur familière l'envahit. Il inspira lentement, essayant de maîtriser son trouble. Comme si elle devinait son émotion, elle souleva les couvertures et il se faufila dans le lit. Il serra les dents lorsqu'elle se blottit contre lui, ses seins contre son bras.

Il se déplaça pour tenter d'oublier à quel point son contact, même innocent, l'excitait. Il essaya de se concentrer sur les implications financières d'un autre de ses projets. Hélas, aucun chiffre d'affaires ne pouvait rivaliser avec Gisèle.

— Quelle est ton eau de Cologne ?

— Pardon ?

Il essayait de contenir son désir et elle l'interrogeait sur son eau de Cologne ?

— Ton parfum, est-ce du savon ou un après-rasage ? Non, j'oubliais, tu ne te rases pas.

Son débit était rapide et essoufflé. Sans doute était-elle nerveuse. La situation était nouvelle pour elle.

— Je me pose cette question depuis notre rencontre. Je connais la plupart des parfums mais je n'arrive pas à identifier le tien.

— Je ne porte pas d'eau de Cologne. Quant au savon, j'utilise celui que je trouve dans la salle de bains.

— Ce n'est pas un parfum du commerce ?

— Ma mère et ma sœur portent du parfum, pas moi.

Il n'avait aucun mal à imaginer la réaction de ses collaborateurs s'il s'était présenté, parfumé, sur un chantier de construction ou dans un dépôt de marchandises.

— Est-ce un problème ?

— Non, tu sens très bon mais je me suis torturé l'esprit à essayer d'identifier ton parfum.

— Est-ce un compliment, madame Fontaine ?

— C'est possible, monsieur Wilde.

Cette soudaine bonne humeur l'aida à se détendre.

— Pourquoi ne m'as-tu rien dit, Gisèle ?

À ces mots, elle se raidit aussitôt. Ému, il déposa un baiser sur ses cheveux. Il n'aimait pas qu'elle se crispe.

— Pourquoi je ne t'ai pas dit que je n'avais pas d'expérience ? Parce que j'étais persuadée que si je te l'avouais, tu ne serais plus intéressé.

Il éclata de rire.

— Pour une femme intelligente, tu ne connais pas grand-chose à la libido masculine. Plus intéressé ? Ne t'ai-je pas avoué que j'étais tellement sous le charme que j'emportais des préservatifs partout où j'allais ?

Elle haussa les épaules, écrasant un peu plus ses seins contre lui. Ce contact réveilla ses sens, jusqu'à ce qu'il se rappelle qu'elle n'était certainement pas prête pour plus.

— Il ne m'est jamais venu à l'esprit que tu n'avais pas d'expérience.

Il avait un peu honte de la façon dont il l'avait poursuivie, ne lui laissant pas d'autre choix que d'accepter son marché. Son marché diabolique...

— Je ne suis pas surprise.

Sa voix était légère mais son ton sérieux.

— D'autres hommes ont pourtant dû t'attirer.

Il serra les poings. L'idée qu'elle puisse désirer, ou ait pu désirer un autre homme que lui, le rendait fou. N'était-ce pas ridicule, compte tenu des circonstances ?

— Peut-être, mais pas suffisamment.

Elle posa sa main sur son torse.

— Tu me trouves lâche, n'est-ce pas ?

Il couvrit sa main avec la sienne puis la porta à sa bouche et l'embrassa.

— Pas du tout, tu as juste eu une mauvaise expérience.

— Pas une mais plusieurs mauvaises expériences.

Elle prit une profonde inspiration avant de reprendre :

— Tu n'as pas idée de ce que c'était que de grandir en étant constamment jugée et rabaissée. Les journalistes ne trouvaient rien de mieux que de me prendre en photo avec de l'acné ou quelques kilos en trop. Ils imprimaient côte à côte des photos de ma mère en robe de soirée et de moi, mal fagotée. Des rubriques étaient même consacrées à mon manque de style.

Sa main se resserra sur la sienne et sa gorge se noua.

— C'est épouvantable.

— Peu à peu, je me suis habituée à être rejetée et je me suis convaincue que je ne serais jamais à la hauteur. Ajoute à cela un homme qui tente de me filmer...

— Je comprends.

Il n'avait pas besoin d'en entendre plus, il avait déjà la nausée.

Quel hypocrite ! Toi aussi, tu t'es servi d'elle.

Il la serra contre lui, incapable même maintenant de s'éloigner et de la laisser seule. Il y avait néanmoins une chose qu'il pouvait faire.

— J'espère que tu ne te compares plus à ta mère.

— Non, cette période est terminée.

Elle n'avait pas l'air convaincue.

— Ta mère était une très belle femme, à condition d'aimer les beautés classiques et banales.

— Banales ?

— D'après ce que je sais, elle attirait les regards et les flashs des photographes mais je préfère les beautés plus naturelles.

Elle se redressa péniblement sur un coude et le dévisagea.

— Arrête de dire n'importe quoi, ma mère était l'une des plus belles femmes du monde.

Ses lèvres formaient la moue de désapprobation la plus séduisante qu'il ait jamais vue.

Il oublia instantanément sa culpabilité et la fièvre le gagna. Tous ses sens s'éveillèrent et son sexe se tendit.

— C'est la vérité.

Il était régulièrement qualifié d'homme effronté, voire d'homme grossier, parce qu'il préférait l'honnêteté aux demi-vérités enrobées de sucre ou aux mensonges.

— Ta mère était magnifique et tu l'es tout autant. Mais personnellement, je trouve qu'une pincée d'épices est plus attrayante qu'un bol de sucre. Sa beauté était réelle mais banale. La tienne est profonde, puissante, envoûtante. Si tu ne me crois pas, sois plus attentive la prochaine fois que tu organiseras une conférence de presse. Regarde les hommes dans les yeux et tu comprendras de quoi je parle. Tu es très belle, Gisèle.

« Belle », avait-il dit. Pouvait-elle le croire ?

L'émotion lui noua la gorge. Même s'il ne s'agissait que d'une simple tentative pour la réconforter, il était parvenu à ses fins, non pas parce qu'elle voulait être belle, mais parce que cela montrait qu'Adam se souciait d'elle.

Elle leva les yeux et l'observa, assis à l'autre bout de la table de conférence, en train d'écouter la présentation d'un de ses assistants. Elle avait envie qu'il lève les yeux. Elle mourait d'envie de voir ses prunelles briller comme hier soir.

Malheureusement, depuis qu'il était entré dans la salle de conférences, elle ne reconnaissait pas le tendre amant dans les bras duquel elle avait dormi cette nuit.

Jamais elle n'avait, à ce point, ressenti la distance entre eux. Il la traitait juste comme une professionnelle dans un contexte professionnel, se répéta-t-elle pour s'en convaincre et se rassurer. Le problème, c'était que le changement était intervenu avant la réunion.

À l'aube, elle s'était blottie contre lui dans l'espoir de le séduire une nouvelle fois. Leur premier corps-à-corps avait été si magnifique qu'elle était impatiente de recommencer. Pour toute réponse, Adam avait marmonné quelques mots incompréhensibles avant de rouler de l'autre côté.

Une femme plus confiante dans son sex-appeal l'aurait réveillé et l'aurait séduit. Elle avait d'ailleurs été tentée, mais l'intimité physique était si nouvelle pour elle...

Lorsqu'elle s'était à nouveau réveillée, quelques heures plus tard, elle était seule et à en juger par la fraîcheur des draps, Adam était parti depuis longtemps.

Et elle qui rêvait d'un petit déjeuner au lit... Déçue, elle s'était levée et s'était précipitée sous la douche. Elle avait juste eu le temps d'engloutir un croissant et un café avant qu'il soit l'heure de partir.

Le seul point positif avait été la réaction d'Adam lorsqu'elle était passée le voir dans sa suite avant de rejoindre sa voiture. Ses beaux yeux s'étaient aussitôt illuminés.

Elle l'avait embrassé, elle s'était plaquée contre son corps d'apollon et s'était enfin détendue lorsqu'il l'avait embrassée à son tour. Entre ses bras, elle devenait une nouvelle femme, une femme forte et désirable.

Lorsqu'il avait rompu le baiser, quelques secondes plus tard, il lui avait expliqué qu'ils devaient vraiment y aller. Pendant le trajet, il avait enchaîné les coups de fil, ses longs doigts seuls autour des siens atténuant son impression que quelque chose ne tournait pas rond entre eux.

Elle revint au présent et le fixa, de l'autre côté de la table. Oui, elle en était sûre, quelque chose ne tournait pas rond. Il évitait de la regarder.

Leurs regards se croisèrent soudain et aussitôt, une vague de chaleur grandit dans le creux de ses reins.

— Faisons une pause, lança soudain Adam en la fixant, comme s'il ne s'adressait qu'à elle.

Il se tourna ensuite vers ses collaborateurs.

— La réunion reprendra dans un quart d'heure.

Personne ne protesta. Qui oserait défier Adam Wilde ?

Une fois debout, Adam se pencha vers l'un de ses employés et prononça quelques mots qu'elle ne saisit pas. L'homme acquiesça, fronça les sourcils puis se dirigea vers la porte.

Qu'avait-elle manqué ? Quelque chose avait visiblement changé, mais quoi ? Elle se força à se reprendre. Elle s'était battue avec acharnement pour la Maison Fontaine, elle ne pouvait pas se permettre de se laisser distraire.

Elle se leva mais, avant qu'elle ait pu faire le tour de la table, Adam était déjà sorti de la pièce. Il n'était même plus dans le couloir. Elle apercevait juste deux de ses collaborateurs qui discutaient.

— Ce n'est pas du tout son genre, était en train de dire l'un d'entre eux. En cinq ans, je ne l'ai jamais vu gérer personnellement une reprise de ce niveau.

— Lorsqu'il m'a dit qu'il allait participer à une discussion sur l'évaluation des performances, rétorqua l'autre homme, je n'y ai pas cru. Il n'est pas surprenant que...

La conversation s'interrompit lorsqu'elle approcha.

Qu'est-ce qui n'était pas surprenant ? Et pourquoi la prise de contrôle de la Maison Fontaine était-elle si différente de toutes les reprises précédentes d'Adam.

— M. Wilde ? leur demanda-t-elle, refoulant ses questions.

— Il est dans la petite salle de conférences, je crois qu'il passe un coup de fil.

Elle frappa à la porte et l'ouvrit sans attendre sa réponse.

Adam était au téléphone.

Il la regarda entrer, le visage aussi impassible que s'il ne la connaissait pas.

Soudain frigorifiée, elle croisa les bras. À cet instant, il ne ressemblait pas à l'homme qui lui avait fait toucher les étoiles hier soir, ni à celui qui l'avait embrassée brièvement mais passionnément ce matin. Il ressemblait à l'implacable homme d'affaires qu'elle avait rencontré quelques semaines plus tôt.

Il raccrocha enfin et rangea son téléphone dans sa poche.

— Qu'est-ce qui ne va pas ? lui demanda-t-elle sans attendre.

— Tout va bien.

Son intuition lui soufflait pourtant l'inverse. Hier soir, ils avaient juste fait l'amour, elle le savait, ils ne s'étaient pas promis un amour éternel. Malgré tout, elle s'attendait à retrouver au moins un soupçon de l'intimité de la nuit dernière, maintenant qu'ils étaient seuls.

— Je dois partir à New York. Aujourd'hui.

— Et nos négociations ?

Peu importent nos négociations ! Et nous ?

Hélas, une vie entière passée à verrouiller son cœur l'empêcha de prononcer ces mots. De toute façon, y avait-il même un *nous* ?

Elle recula et croisa ses bras un peu plus serré contre sa poitrine pour tenter de maîtriser la douleur qu'elle sentait s'épanouir dans son cœur.

Il s'approcha, la chaleur de sa grande carcasse l'engloutissant à mesure qu'il pénétrait dans son espace.

— Je suis désolé, Gisèle. C'est important.

Plus important que moi ? Que nous ?

— Tu as peut-être des affaires urgentes à New York, mais ici aussi.

Pendant un long moment, il ne dit rien. Étrangement, il avait l'air aussi tendu qu'elle. Puis il soupira et agrippa ses bras avant de l'attirer contre lui.

Elle ferma les yeux et s'enivra de son parfum unique. Lorsque son souffle effleura son visage, elle se détendit enfin.

Voilà ce qu'elle voulait, voilà ce qui lui manquait.

Sa main passa de sa nuque à sa taille puis à ses fesses. Des étincelles jaillirent aussitôt en elle. Son érection pressée contre son abdomen ne trompait pas. Adam n'était donc pas immunisé, il la désirait autant qu'elle le désirait. Elle en avait la preuve dans chacun de ses muscles contractés et dans le flot des mots chuchotés à son oreille.

Le magnat des affaires avait enfin disparu, remplacé par son amant, et elle s'en réjouissait.

Elle releva la tête et, impatiente, lui offrit sa bouche. Cela ne faisait que quelques heures mais il lui manquait. Leur intimité lui manquait.

Quelqu'un toussa soudain derrière elle.

— Désolé, patron, mais vous avez dit...

Il effleura son front avec sa bouche puis poussa un soupir de frustration et marmonna ce qui ressemblait à un juron.

— J'arrive.

La porte se referma et ils demeurèrent seuls, à bout de souffle. Les bras d'Adam l'entouraient toujours mais elle percevait à nouveau une distance, entre eux.

— Je dois y aller, dit-il enfin. Mon avion m'attend, nous parlerons plus tard.

Il s'éloigna et une sensation de froid intense la saisit. Comment était-il capable de passer de l'excitation à une attitude professionnelle en une seule seconde ?

Peut-être que si la nuit dernière n'avait pas été sa première fois, elle serait capable de passer des affaires au sexe, puis à nouveau aux affaires d'un claquement de doigts.

Elle rassembla ses forces.

— Et le processus d'évaluation des performances ? Aucun accord n'a encore été trouvé sur cette question.

— La présentation était convaincante. Je demanderai à mon équipe d'accepter tes recommandations.

Surprise, elle le dévisagea.

— C'est tout ?

— Si le processus fonctionne comme tu l'affirmes, parfait. Si ce n'est pas le cas, nous le modifierons. Maintenant...

Il jeta un coup d'œil à son téléphone.

— Je dois vraiment y aller. Je suis désolé, Gisèle. Je ne veux pas te quitter mais je n'ai pas le choix. Je t'appellerai ce soir.

Elle ouvrit la bouche puis la referma, stupéfaite qu'il quitte cette réunion alors que c'était lui qui insistait pour se plonger à corps perdu dans le fonctionnement de l'entreprise.

Pour être honnête, ce n'était pas seulement l'entreprise qui la préoccupait aujourd'hui.

— Nous sommes censés nous marier dans quelques jours.

— Ne t'inquiète pas, je reviendrai à temps.

Sans un mot de plus, il s'éloigna et elle demeura seule, désemparée, confuse. Adam avait transformé sa vie en un tourbillon.

Que s'était-il passé ? Avait-il perdu tout intérêt pour la Maison Fontaine ? Pour elle ? Quelle était cette crise soudaine à New York ? Et depuis quand était-il au courant ?

Peut-être le mariage ne l'intéressait-il plus. Maintenant qu'ils avaient fait l'amour, peut-être la magie de la nouveauté s'était-elle estompée.

Non, elle n'y croyait pas. Adam n'était pas comme cela.

Mais à quel point le connaissait-elle vraiment ?

Elle essaya de se réjouir de l'éventuelle annulation de leur mariage de convenance. En vain. Tout ce qu'elle ressentait, c'était un sentiment d'échec.

11

Quelques heures après son mariage, Adam était encore surpris de voir à quel point il était tendu. Aux yeux d'un observateur extérieur, la journée s'était pourtant bien passée. Sa mère et sa sœur avaient participé avec enthousiasme aux célébrations, comme si les questions qu'elles s'étaient posées en privé au sujet de son mariage précipité s'étaient soudainement évaporées.

Le frère de Gisèle s'était montré courtois, mais ce n'était pas surprenant, il était bien élevé. Le plus important, c'était que Gisèle avait été au rendez-vous.

Pour être honnête, il s'était demandé si elle serait présente comme prévu. Il était d'autant plus anxieux qu'il n'avait pas eu l'occasion de la voir avant la cérémonie.

À son retour à Paris, il avait passé sa dernière soirée de célibataire avec sa famille, sans savoir où se trouvait sa future épouse.

Cette incapacité à la contacter l'avait déstabilisé. Pendant son absence, il lui avait parlé tous les jours mais hier, impossible de la joindre. Avait-elle changé d'avis ?

Son angoisse ne s'était apaisée que lorsqu'il l'avait enfin aperçue au bras de son frère, quelques minutes avant le début de la cérémonie.

Il lâcha le volant de sa voiture l'espace d'une seconde et passa une main lasse dans ses cheveux.

À côté de lui, son épouse restait silencieuse, morose.

Même dans l'obscurité, même si elle était fatiguée après avoir passé la soirée à convaincre leurs familles qu'ils étaient, sinon l'incarnation de l'amour, du moins heureux de se marier, il devinait qu'elle ne dormait pas.

Il repensa au moment où ils avaient été déclarés mari et femme et où il s'était penché pour l'embrasser. Gisèle ne s'était pas raidie mais ses lèvres n'avaient pas bougé non plus. Le regard noir, elle avait reculé aussi vite que possible.

Sans doute n'aurait-il pas dû aller à New York. Il avait perçu ses reproches dans ce baiser glacial et dans ses sourires distants. Même le choix de sa robe, une robe fuchsia et non blanche, était une déclaration d'indépendance.

Gisèle était ravissante dans cette couleur. Cette robe avec un profond décolleté en V lui allait à merveille mais par cette tenue, elle lui faisait passer un message.

Je suis et je resterai indépendante.

Il ne fallait pas être un génie pour deviner que Gisèle ne lui faciliterait pas la tâche. Elle avait malgré tout charmé sa famille. Avec sa mère et sa sœur, dont c'était le premier voyage en France, elle avait été chaleureuse, répondant à toutes leurs interrogations.

En fait, ce n'était qu'avec lui qu'elle était froide.

Pendant le dîner, dans le prestigieux restaurant situé au premier étage de la tour Eiffel, elle était restée distante. Elle avait ri avec sa famille, avec son frère, mais jamais avec lui.

La laisser à Paris avait été une erreur, et ne pas revenir avant le mariage avait été une erreur bien plus grande. Hélas, il n'avait pas eu le choix. Découvrir qu'elle était vierge, et surtout découvrir les épreuves qu'elle avait dû affronter dans le passé, lui avait fait l'effet d'un coup de poing en plein cœur et il avait été obligé de s'éloigner.

Il n'avait écouté que son instinct qui lui conseillait de lui laisser de l'espace. S'il était resté, ils n'auraient pas quitté la chambre pendant des jours et des jours, or elle méritait mieux.

La forcer à l'épouser, la pousser à accepter son « diabolique marché », pour reprendre ses mots, avait été une autre erreur. Il l'avait compris lorsqu'elle lui avait raconté l'agression qu'elle avait subie, à dix-sept ans.

Oui, Gisèle avait initié leur corps-à-corps mais il aurait dû résister. Quelques heures plus tôt, elle avait revécu un événement traumatisant, elle avait été bouleversée... Il aurait dû retourner dans sa suite et la laisser seule.

— Où allons-nous ?

— Nous allons là où la presse ne nous harcèlera pas.

Il en avait assez des paparazzis qui prenaient des photos à chaque fois qu'ils apparaissaient en public.

— Tes bagages sont déjà arrivés là-bas.

À ces mots, il la vit se redresser, prête à bondir. Pourquoi ? Parce qu'il avait organisé ce voyage sans lui demander ? Si elle avait été à ses côtés, il lui en aurait parlé, évidemment.

Gisèle ne se plaignait pas pour autant, elle avait appris à choisir ses batailles et pour être honnête, il admirait ce trait de caractère. Et il parviendrait à la détendre, il n'en doutait pas.

— Cela ne sera pas très pratique pour travailler.

— Qui parle de travailler ? Nous partons en vacances.

— En lune de miel ?

Entendait-il vaciller sa voix sensuelle ?

— Ce n'était pas nécessaire, ajouta-t-elle sans attendre.

Il n'était pas d'accord mais il ne protesta pas. Il avait déjà commis suffisamment d'erreurs et avait beaucoup de choses à se faire pardonner par son épouse.

Son épouse... Savoir qu'ils étaient enfin mariés faisait battre son cœur un peu plus vite.

— Tu vas devenir fou si tu ne travailles pas, poursuivit-elle. Tous les jours, tu enchaînes les réunions, les conférences téléphoniques. Tu ne déconnectes jamais.

Elle n'avait pas tort, il n'avait pas construit son succès en se tournant les pouces. Il ne la corrigea cependant pas.

— Le changement me fera du bien

— Si tu le dis...

Elle n'avait pas l'air convaincue. Ce n'était pas surprenant, elle ignorait encore que ses priorités avaient changé. Sa soif de réussite était toujours là, mais pas aussi forte que son envie de passer du temps avec elle.

Désabusé, il leva les yeux au ciel en repensant aux fantasmes qu'il avait nourris au sujet de la lune de miel avec sa nouvelle femme. Dans ces rêves, Gisèle était beaucoup plus chaleureuse, beaucoup plus aimante.

— Explique-moi pourquoi tu as choisi d'acheter la Maison Fontaine, lui demanda-t-elle lorsqu'ils sortirent de la ville.

Il jeta un coup d'œil dans sa direction et remarqua qu'elle l'observait avec attention. Malheureusement, elle semblait davantage intéressée par ses affaires que par leur relation.

— Je te l'ai dit. J'ai vu dans ton entreprise une opportunité de profit à long terme.

— Ta mère m'a avoué à quel point elle était heureuse que tu achètes la Maison Fontaine. Elle m'a raconté que la vie avait été difficile après la mort de ton père mais que son petit plaisir, le week-end, était d'aller se faire maquiller gratuitement par une représentante de la Maison Fontaine.

— Tu penses que j'ai acheté l'entreprise par sentimentalisme ? Peut-être le goût de ma mère pour les produits de la Maison Fontaine m'a-t-il inconsciemment influencé mais ma décision était surtout fondée sur des critères financiers.

— C'est tout ?

Pourquoi cette question ? Elle ne pouvait pas savoir que c'était la vidéo de la conférence de presse où il l'avait vue qui avait réveillé son instinct possessif et enflammé son désir.

— Tu as dit un jour qu'il s'agissait d'une société prestigieuse et que ce point était important, alors je me suis demandé…

Comme il ne répondait pas, elle détourna le regard et fixa la nuit. D'accord, il n'aimait pas les interrogatoires mais il préférait quand même qu'elle s'intéresse à lui plutôt qu'au paysage.

— J'aurais dû m'en douter, reprit-elle dans un murmure. Tu poses des questions, tu exiges des réponses mais tu ne donnes pas beaucoup d'informations sur toi-même.

Devant lui, elle s'était mise à nu, elle lui avait avoué le traumatisme qu'elle avait subi. Et lui, il évitait de répondre à ses questions, même les plus simples, tout ça parce que admettre une faiblesse menaçait l'image qu'il s'était forgée au fil des ans.

Ton succès ne te sert pas à grand-chose maintenant. Gisèle ne s'intéresse pas au financier mais à l'homme.

— À la mort de mon père, je suis devenu l'homme de la famille. Je devais m'occuper de ma mère et de ma sœur, alors j'ai vite pris l'habitude de garder mes problèmes pour moi et de les régler seul.

Il marqua une pause.

— Tu veux vraiment savoir ce qui m'a attiré dans ton entreprise ?

— Bien sûr.

Son pouls s'accéléra au souvenir de son adolescence, de cette époque où il luttait sans cesse pour faire ses preuves.

— Nous avons connu des années difficiles. Maman était femme de ménage, elle ne gagnait pas beaucoup. Je t'ai déjà parlé des enfants riches de l'internat près de chez nous et je t'ai dit que je ne les enviais pas. C'est la vérité. Par contre, j'ai commencé à apprendre les affaires en les observant.

Il prit une profonde inspiration avant de poursuivre :

— Lorsque j'ai quitté l'école, j'ai trouvé un emploi chez un homme riche. Au bout de quelques mois, j'ai démissionné car il avait l'habitude d'exploiter ses employés et de surfacturer ses clients, et je me suis lancé à mon compte. C'était un peu David contre Goliath. Je n'étais pas une menace pour lui, je débutais à peine, mais cela n'a pas empêché son fils et quelques amis de jouer des poings pour tenter de me faire renoncer lorsque j'ai remporté un petit contrat qu'il pensait obtenir.

— C'est un de ces types qui t'a cassé le nez ?

— Oui. Ils étaient trois contre un, je n'avais aucune chance, mais cet incident a renforcé ma détermination à réussir. Quant à mon nez cabossé, il ne m'a jamais gêné. Au contraire, ce nez m'a longtemps rappelé que j'étais capable de tout affronter, quand je prenais des risques ou qu'un membre de l'élite essayait de me remettre à ma place.

— Cela s'est souvent produit ?

— Assez souvent, oui.

S'ouvrir était moins difficile dans l'obscurité de la voiture.

— Au début, j'étais prêt à tout. Je ne pensais qu'à la victoire, à l'aide que je pouvais apporter à ma famille et au développement de mon entreprise.

À l'époque, il n'envisageait pas de se poser avant de pouvoir offrir une belle maison à sa maman.

— Je préférais jouer le rôle de franc-tireur plutôt que d'essayer de m'intégrer parmi l'élite. Lorsque je participais à des réunions professionnelles, j'entendais régulièrement dire que j'étais grossier, que je manquais de classe… Le genre de commentaires que ces voyous m'avaient lancé lorsque j'avais obtenu mon premier contrat.

Au souvenir de leur mépris, ses poings se serrèrent automatiquement.

— Aujourd'hui, mon entreprise est florissante et j'avais envie de relever un autre défi, de trouver une entreprise qui se démarque, une entreprise qui suscite le respect.

— Pour prouver aux vieilles fortunes que tu as réussi ?

Il haussa les épaules.

— Je crois que j'avais surtout envie de quelque chose de différent. La variété fait la saveur de la vie.

— Tes concurrents continuent-ils à te regarder de haut ?

— Je ne fais plus attention à leurs critiques. Par contre, la presse ne rate jamais une occasion de rappeler mon statut d'outsider.

Le silence se prolongea si longtemps qu'il crut que Gisèle avait fini de l'interroger.

— Tu as donc fait l'effort d'acquérir une entreprise française en difficulté pour prouver à tous ceux qui te dénigraient que tu avais réussi.

À l'écouter, il avait besoin d'une validation extérieure.

— Peut-être… Le véritable problème, c'est que leurs remarques ont blessé ma famille. La première fois que je me suis rendu à un cocktail, après avoir remporté un prix professionnel, j'ai emmené ma mère et ma sœur et ce soir-là, elles ont entendu beaucoup de commentaires désobligeants.

— C'est terrible !

— Je me suis juré de ne plus jamais les mettre dans cette situation, même si elles ont bien réagi ce soir-là. Ma petite sœur s'est tournée vers l'un de ces hommes et lui a demandé ce qu'il avait accompli au cours de l'année écoulée qui surpasse mon sens des affaires et mes performances. Elle avait seulement dix-sept ans à l'époque.

Il l'entendit laisser échapper un petit rire.

— C'est bien qu'elle te défende.

Sa sœur l'avait en effet défendu, tout comme Gisèle défendait son frère.

— Vous avez l'air d'être une famille unie, poursuivit-elle.

Était-elle nostalgique ? De l'avis général, sa famille aussi avait été très unie jusqu'à la mort de son père et le départ de sa mère.

— Il y a une autre raison pour laquelle j'ai été attiré par la Maison Fontaine.

Avait-il vraiment prononcé ces mots ? Pourquoi ? D'habitude il ne révélait jamais ses faiblesses pour ne pas donner d'arguments à ses adversaires. Et pourtant, il venait d'avouer à Gisèle ce que certains qualifieraient de point faible.

Il n'avait cependant pas eu l'impression de faire preuve de faiblesse, juste d'honnêteté.

En plus, Gisèle n'était pas une adversaire.

— Laisse-moi deviner, tu aimerais un parfum conçu spécialement pour ta maman...

— Non, rien de tel.

Le cœur battant à toute allure, il sortit de l'autoroute. C'était la première fois qu'il s'ouvrait à ce point. Gisèle avait été franche concernant son passé. À lui maintenant de faire preuve de la même sincérité.

— J'ai vu des images de la conférence de presse que tu as donnée, il y a quelques mois.

— Et ?

— Et dès que je t'ai vue, je t'ai désirée.

12

Gisèle fixa le profil sévère d'Adam. Dans la pénombre, elle ne parvenait pas à déchiffrer son expression mais elle devinait qu'il ne plaisantait pas.

Elle enfonça ses doigts dans son siège puis déglutit. Comme un animal ébloui par des phares, elle était sous le choc, effarée.

— Es-tu en train de me dire que c'est moi qui t'ai incité à reprendre l'entreprise ?

— Tu sais bien que je ne mens jamais.

Il lui jeta un regard en coin avant de reprendre :

— Malgré les mauvais chiffres des derniers mois, l'entreprise m'intéressait, les perspectives étaient bonnes, mais ce qui a fait pencher la balance, c'est toi, ton assurance, ton sourire. J'ai perçu quelque chose d'indéfinissable en toi, quelque chose que je désirais.

Son récit était invraisemblable et pourtant, elle mourait d'envie d'y croire parce qu'elle l'avait ressentie elle aussi, cette étincelle. L'idée était folle mais tellement séduisante que son rythme cardiaque s'emballa et que sa température grimpa. Elle rassembla néanmoins ses forces pour garder le contrôle.

— Ne me dis pas que c'est mon physique qui t'a séduit.

— Tu es belle, Gisèle, mais ce n'est pas seulement ta beauté qui m'a séduit, c'est ta chaleur, ta passion... J'ai du mal à l'exprimer avec des mots mais devant la vidéo, j'ai vu des étincelles de quelque chose que je ne pouvais pas ignorer. Quelque chose que je ne voulais pas ignorer.

Dans l'obscurité, il trouva sa main et la saisit. Aussitôt, une multitude de feux d'artifice s'allumèrent sur sa peau.

— Tu me désirais pour mon nom. Tu voulais juste une Fontaine pour perpétuer la tradition.

— Pas seulement.

L'air était électrique entre eux, si électrique qu'il brouillait tout sens critique en elle.

— Pourquoi me le révéler aujourd'hui ?

— Je veux être honnête avec toi. Nous sommes mariés, nous sommes amants. Notre relation compte.

— Tu m'as pourtant repoussée. Cette nuit-là, après avoir fait l'amour, je me suis tournée vers toi pour recommencer, mais tu as fait semblant de dormir, sans doute parce que je t'avais déçu. Et quand je me suis réveillée, le matin, tu avais fui.

— Oh ! ma chérie… Tu as tout faux.

— N'essaye pas de me faire croire que tu dormais, je sais très bien que tu faisais semblant. Je ne suis pas idiote.

Il tourna dans une longue allée bordée d'arbres mais au lieu de le questionner sur leur destination, elle se concentra sur la perte de sa main sur la sienne. Son contact lui manquait tant qu'elle se mit à frissonner.

— Tu as raison, je faisais semblant.

Il faisait… Son aveu lui coupa le souffle.

— Je ne t'ai pas repoussée parce que je ne te désirais pas mais parce que je te désirais beaucoup trop.

Il arrêta la voiture et se tourna vers elle avant de reprendre :

— Je venais de découvrir que tu étais vierge et notre corps-à-corps avait aiguisé mon appétit. Je voulais passer le reste de la nuit en toi, donner libre cours à tous les fantasmes sexuels que je nourrissais à ton sujet depuis des semaines.

La voix d'Adam était de plus en plus envoûtante.

— Malheureusement, j'avais peur de ne plus pouvoir m'arrêter et je ne voulais pas te faire de mal. J'essayais de prendre soin de toi.

Des gouttes de sueur perlèrent sur son front et une sensation de chaleur s'épanouit entre ses cuisses.

— Tu le penses vraiment ?

Son aveu l'étonnait et surtout, la bouleversait.

— Je le pense vraiment. Tu étais inexpérimentée alors j'ai essayé d'être prévenant. J'avais tellement peur de t'avoir blessée...

— Tu ne m'as pas fait mal.

Il reposa sa main sur la sienne et la serra.

— Même si je ne t'avais pas fait de mal ce soir-là, j'aurais pu te blesser plus tard. Mon désir était si grand...

Troublée, elle se déplaça à nouveau. Ces mots simples mais dévastateurs faisaient bouillonner son sang dans ses veines.

— Mon désir aussi était grand. J'ai attendu longtemps avant de faire l'amour.

— Je suis désolé, j'aurais dû t'expliquer.

Éviter les conversations difficiles, voilà un comportement typiquement masculin. Elle n'éprouvait toutefois pas de rancœur à son égard, elle était bien trop touchée par ses mots.

— Et le matin ?

— Idem. Tu es entrée dans ma chambre avec cette jupe cintrée et ces talons, et tout ce que je voulais, c'était te prendre sur le lit, et au diable la réunion.

Il retira sa main de la sienne et redémarra.

— Cette nuit-là, lorsque tu m'as révélé avoir été abusée, j'ai commencé à questionner mon comportement, la façon dont je m'étais immiscé dans ton monde, la façon dont je t'avais acculée au mariage... Et je me suis senti coupable.

Elle voulait qu'il soit honnête avec elle mais elle ne s'attendait pas à autant de sincérité de sa part.

— Tu t'es senti coupable ?

Était-elle vraiment surprise ? Au travail, elle avait découvert une autre facette de sa personnalité. Il l'avait surprise par sa patience, par sa gentillesse envers ses employés inquiets de l'avenir, et par sa douceur. Ce soir-là, il ne lui avait mis aucune pression lorsque ses souvenirs étaient remontés à la surface. Il s'était contenté de la réconforter.

— Tu avais accepté de signer le contrat, alors je ne me sentais pas coupable de la reprise de la Maison Fontaine mais coupable d'avoir profité de toi, de t'avoir forcée à te marier. À tes yeux, notre union était un mariage blanc. Pas à mes yeux.

Incrédule, elle demeura bouche bée. Elle n'avait jamais pensé entendre un tel aveu de sa part.

Il aurait été facile de profiter de son sentiment de culpabilité mais elle refusait de jouer avec lui. Adam était honnête. Il ne mentait pas, ne trichait pas et ne la rabaissait pas comme Paul.

Depuis leur rencontre, il l'avait beaucoup provoquée et l'avait souvent poussée dans ses retranchements mais il l'avait surtout aidée à se sentir plus forte, plus sûre d'elle et d'eux. Il avait ajouté de la joie à sa vie et avait fait preuve de tendresse quand elle en avait besoin.

— Oui, ton ultimatum était scandaleux, mais tu ne m'as pas piégée. Je te désirais et j'ai initié notre corps-à-corps en toute connaissance de cause.

— C'est ce que je me suis dit. Malgré tout, je me sentais toujours coupable et j'avais besoin d'espace pour réfléchir.

— Tu es donc parti à New York.

Les pensées contradictoires tourbillonnaient dans son esprit et lui donnaient le vertige.

— Malgré tes scrupules, tu es revenu pour le mariage.

Il haussa les épaules avant de prendre un dernier virage puis de s'arrêter devant un charmant petit château.

Des guirlandes scintillaient sur les fenêtres, des fleurs jaillissaient des jardinières de part et d'autre de l'entrée, et des tours rondes aux quatre coins ajoutaient à la fantaisie du lieu.

Il coupa le moteur.

— Je te désirais, Gisèle, et je désirais ce mariage. Je n'ai jamais eu l'intention d'y renoncer.

Elle ne répondit pas et le silence s'étira, rompu seulement par le tic-tac du moteur qui refroidissait.

— Et je sais que tu me désires toi aussi.

Il avait raison, elle le désirait, inutile de le nier. Pourtant, elle hésitait encore.

Quelle lâche ! Tu n'étais pas aussi réticente la nuit où tu lui as demandé de te faire l'amour.

Lorsqu'elle était arrivée à leur mariage, elle était furieuse, sa longue absence l'avait blessée, mais jamais il ne lui était venu à l'esprit de ne pas venir ou de se servir de son voyage comme d'une excuse pour rompre leur accord.

Parce que tu le désires, voilà la vérité.

— Évidemment que tu désirais ce mariage. Tu avais besoin d'une Fontaine...

— C'est toi que je veux, pas ton nom.

Elle regarda son large torse se soulever et s'abaisser comme s'il luttait contre de puissantes émotions. Quant à elle, elle avait l'impression que le sol se dérobait sous ses pieds, l'entraînant vers le néant, annihilant toutes ses pensées.

— Tu ne cesses de parler de ce que tu désires, Adam. Mais moi, dans tout ça ? Tu ne me demandes jamais ce que je désire.

— Es-tu en train de dire que tu ne me désires pas ?

— Le mariage ne se résume pas au désir. Et je te rappelle que tu ne m'as pas laissé le choix.

— Je ne crois pas avoir pointé un pistolet sur ta tempe pour te forcer à m'épouser. Rien ne t'empêchait de révéler à ma famille le contenu du contrat que tu avais signé. Penses-tu vraiment que ma mère et ma sœur auraient accepté que je force une femme au mariage ?

Il avait raison, rompre le contrat et s'échapper aurait été facile mais au fil des jours, elle avait découvert qu'il n'était pas cette brute sans scrupules qu'elle avait cru voir le premier jour. Surtout, il avait été là pour elle quand elle avait eu besoin de soutien.

Malgré tout, elle ne pouvait oublier certaines clauses du contrat.

— Tu avais prévu une grosse pénalité.

Même dans la pénombre, elle vit son visage se crisper.

— Tu crois vraiment que la pénalité est importante, après ce que nous avons partagé ? Ce contrat n'avait qu'un but, t'empêcher de fuir pendant les premiers jours, mais si tu penses vraiment…

Il ouvrit sa portière d'un coup sec et sortit de la voiture avant qu'elle n'ait eu le temps de deviner son intention. Une seconde plus tard, il n'était plus qu'une ombre qui s'éloignait dans la pénombre.

Elle défit sa ceinture de sécurité et sortit si vite de la voiture que son talon glissa dans le gravier.

— Ne t'avise pas de t'éloigner de moi, Adam Wilde !

La silhouette aux larges épaules s'arrêta puis se retourna lentement tandis qu'elle le rejoignait.

— Tu ne peux pas prononcer de tels mots et ensuite t'en aller. Tu aurais dû me parler, au lieu d'imaginer que je pouvais lire dans tes pensées.

Malgré tout, elle exultait à l'idée qu'il la désire pour lui. Pas pour la compagnie, mais pour elle, Gisèle. L'homme qu'elle avait appris à connaître lui donnait envie, pour la première fois de sa vie, de prendre des risques, d'être audacieuse.

— Pourquoi ? Pour que tu puisses t'enfuir parce que tu as peur de ce que nous partageons ? Si c'est ce que tu veux vraiment, dis-le-moi. Nous trouverons un moyen de mettre fin au mariage si tu ne peux pas me supporter, si je ne suis pas le genre d'homme qu'une femme comme toi veut.

— Quel genre d'homme ?

— Un homme qui s'est construit tout seul.

Même si elle n'en croyait pas ses oreilles, son honnêteté était indéniable.

Le fait qu'il soit prêt à mettre fin au mariage, et qu'il ait cru qu'elle le trouvait moins désirable à cause de son passé, la fit trébucher une nouvelle fois. Déséquilibrée, au sens propre comme au sens figuré, elle retira ses escarpins et tant pis si le gravier lui faisait mal aux pieds.

— Mon problème, reprit-elle en frappant son torse avec un doigt, c'est que tu as supposé que je voulais t'épouser pour l'entreprise. Tu n'as jamais essayé d'en savoir plus sur mes motivations. Jamais. Et si j'étais là par amour ?

— C'est le cas ?

— Non !

Bien qu'elle ait adoré ses parents, elle ne cherchait pas le type de relation qu'ils avaient partagé.

— J'ai vu les ravages du chagrin sur ma mère, après la mort de mon père. Hors de question que je devienne aussi faible.

— Tu ne seras jamais faible.

Il attrapa sa main, la serra contre sa poitrine et elle savoura le contact avec le rythme rassurant de son cœur.

— Tu es une femme forte, c'est d'ailleurs une des qualités que j'admire le plus chez toi.

— Malgré tout, tu ne m'admires pas assez pour m'avouer la vérité, et tu m'as forcée à me marier.

— Je devrais m'en excuser mais la vérité, tu la connais, c'est que je t'admire et que je te désire. Je n'ai jamais autant désiré une femme. J'aime ce que nous partageons, et je ne parle pas seulement de sexe. Je te respecte et je crois que je peux te rendre heureuse.

Sans doute aurait-elle dû retirer sa main. Hélas, elle n'y arrivait pas. Ses mots et sa détermination l'hypnotisaient.

Pourtant le mariage était une idée folle, alors il serait sans doute plus raisonnable d'accepter son offre d'en finir dès maintenant.

Sauf qu'elle n'en avait pas envie ! Pour la première fois, elle avait trouvé un homme qui l'acceptait avec ses qualités et ses défauts, qui prenait soin d'elle et lui donnait l'impression d'être spéciale. Un homme qui était enfin honnête sur ses sentiments.

— Tu affirmes me respecter mais je ne supporterai pas que tu prennes des décisions à ma place. Je refuse d'être avec un homme qui pense savoir ce que je veux.

Il lui adressa un sourire malicieux.

— Et si je promets de toujours discuter avec toi ? De demander ? De négocier ?

À ces mots, un tsunami d'émotions déferla sur elle, engloutissant les derniers vestiges de sa résistance.

— Dans ce cas-là, je crois que je pourrais me laisser convaincre.

De qui se moquait-elle ? La peur qui l'avait saisie lorsqu'il avait parlé de mettre fin au mariage avait brisé ses dernières réserves.

Adam la prit dans ses bras, la serra contre son torse puissant et un délicieux frisson de bonheur glissa le long de son dos.

— Que fais-tu ?

— Je protège tes pieds de ce gravier et je t'emmène là où je pourrai te persuader plus confortablement.

Ses mots lui firent l'effet d'une caresse soyeuse.

— Si tu es d'accord, évidemment.

— C'est une excellente idée.

Ils entrèrent enfin dans le château et elle admira les hauts plafonds surmontés de lustres étincelants, le parquet couleur miel et les nombreuses antiquités disséminées ici et là.

— Nous sommes seuls, il n'y a pas de personnel à demeure, mais un repas léger nous attend dans la cuisine si tu as faim. Sinon, nous pouvons monter directement à l'étage.

— Je n'ai pas faim.

Pas faim de nourriture en tout cas, pas quand il la regardait ainsi. Ses yeux étincelants éveillaient tous ses sens.

Quelques minutes plus tard, ils entraient dans une chambre à coucher joliment décorée dont les murs étaient habillés de soie. Un vaste lit était recouvert de draps immaculés et d'une profusion d'oreillers et de coussins brodés.

— Tu aimes ?

— Ce n'est pas ce à quoi je m'attendais.

À l'évidence, Adam s'était donné beaucoup de mal pour rendre cette soirée spéciale.

— C'est magnifique mais un geste attentionné ne compense pas ton comportement passé.

Il hocha la tête et la fit glisser sur le sol, leurs corps restant en contact tout le long du trajet, faisant bouillonner d'excitation toutes ses terminaisons nerveuses.

— Je sais ce dont j'ai envie mais toi, que veux-tu ?

— Te déshabiller.

Les négociations sur leur mariage pouvaient bien attendre, pas elle. Son excitation était à son comble. Elle n'était plus qu'une boule de feu.

Des idées osées plein la tête, elle attrapa sa cravate et en caressa le tissu soyeux.

— J'ai envie de te rendre la pareille.

Quelques secondes plus tard, ils se tenaient nus dans une mare de vêtements. Sans attendre, il prit ses seins en coupe et un incroyable sentiment de félicité l'envahit.

— Je te veux tellement... Je rêve de t'embrasser partout, d'explorer chaque centimètre de ton corps, de découvrir chaque zone érogène. Cela te plairait ?

Bien sûr. Le simple fait d'entendre ces mots faisait même naître une chaleur humide entre ses cuisses.

— Cela me plairait beaucoup, à condition bien sûr que je puisse te rendre la pareille.

De ses mains infiniment douces, il la poussa sur le lit.

Lorsqu'il termina ses explorations, elle avait déjà trouvé le bonheur à plusieurs reprises grâce à sa bouche sensuelle et à ses mains expertes. Il semblait avoir une capacité inépuisable à lui offrir du plaisir. Il ne cessait de lui faire découvrir des sommets inédits de volupté et de sensualité.

Elle avait l'impression qu'il n'y avait rien d'autre que de l'honnêteté brute entre eux, pas de filtre, pas de faux-semblants, pas de demi-vérités.

Émue, elle plongea dans ses prunelles couleur émeraude et s'y noya. Elle se sentait chez elle, enfin chez elle.

Avec un soin infini, Adam la posséda une nouvelle fois et un tsunami de bonheur la submergea, une grande vague de sentiments qui était plus que de la satisfaction, plus que du plaisir. Jamais elle n'avait connu une telle joie. Le cœur battant à toute allure, elle enveloppa son amant dans ses bras tandis qu'ils frissonnaient d'extase.

Ce moment était la promesse d'un nouveau départ auquel elle n'avait jamais osé croire.

13

Une semaine plus tard, ils somnolaient à l'ombre d'un arbre après le corps-à-corps le plus explosif de toute sa vie.

Heureux, il esquissa un sourire rêveur. Jamais il n'avait connu une telle intimité avec une femme.

— Qu'est-ce qui te fait sourire ? lui demanda-t-elle d'une voix enjôleuse.

Vêtue seulement d'une chemise légère, elle était allongée sur la couverture, ses longues jambes nues étirées au soleil. Il laissa son regard aller et venir sur son corps de déesse et ses sens s'éveillèrent une nouvelle fois.

— Tu ne devines pas ?

Elle lui adressa un sourire malicieux.

— Tu es très prévisible.

Comme un chat, elle s'étira, sa chemise dévoilant un peu plus de sa chair crémeuse. Les yeux brillants, il roula sur le ventre et s'appuya sur ses avant-bras pour profiter de la vue.

— Tu es un amant merveilleux.

— Et j'ai l'intention d'être un excellent mari.

Qu'elle utilise le mot *amant* lui plaisait mais il était trop temporaire à son goût. Il préférait celui de *mari*.

— Où aimerais-tu vivre ?

— Je pensais que tu avais déjà réglé cette question. C'est toi qui es à la tête d'une multinationale.

— Oui mais nous nous sommes promis de discuter de tout.

Il prenait toujours autant de plaisir à faire rougir Gisèle mais ce qu'il préférait par-dessus tout, c'était voir la façon dont elle exprimait désormais ses sentiments. Il y avait quelque chose d'incroyablement excitant dans le fait que cette femme réservée décrive ce qui lui ferait plaisir, ou évoque à haute voix ses envies sensuelles.

— Je possède une maison à Sydney et un appartement à New York mais pour l'instant, je pensais vivre en France. Que préfères-tu, Paris ou la Côte d'Azur, à proximité de l'usine ?

— Paris est sans doute plus pratique pour toi.

— Sur la Côte d'Azur, tu pourrais côtoyer ton équipe presque tous les jours. De mon côté, je peux télétravailler et venir à la capitale lorsque c'est nécessaire.

— Tu es sérieux ?

— Bien sûr, je voyagerai de temps en temps, j'ai des négociations en cours aux États-Unis, mais je peux être basé n'importe où. En revanche, tu travailleras mieux si tu es avec ton équipe. Cela te plairait de vivre sur la Côte d'Azur ?

Elle se redressa et noua ses bras autour de ses genoux.

— J'en serais ravie. En échange, je peux participer à des événements mondains, de temps en temps.

Touché, il hocha la tête. Il savait maintenant à quel point elle détestait être sous les feux de la rampe.

— Parfait. La question est réglée.

À moins que... Sa femme se mordillait la lèvre.

— Il y a un problème ?

— À chaque fois que j'ai l'impression de te comprendre, voilà que tu me sors une nouvelle surprise.

Elle riva son regard au sien avant de poursuivre :

— Tu m'as raconté avoir voulu acheter la Maison Fontaine pour prouver que tu avais réussi. Aujourd'hui, j'ai pourtant l'impression que ton succès t'intéresse moins. Quand je t'ai présenté ce prince, à Paris, tu n'as même pas cherché à discuter avec lui.

— Impossible, ce type était en train de te dévorer du regard !

Elle recouvrit son poing crispé avec sa main.

— Il y a quelques mois, tu as débarqué dans ma vie, la mettant sens dessus dessous. Aujourd'hui, je pense te connaître et pourtant, tu continues à me déconcerter.

Elle lui adressa un sourire timide qui lui fit l'effet d'un coup de soleil, le réchauffant de la tête aux pieds.

— Tu es plus complexe que je ne l'avais imaginé et…

— Et je suis un amant phénoménal ?

— Entre autres mais j'allais dire que j'ai l'impression que tu te mens à toi-même.

— Explique-moi.

— Rassure-toi, ce n'est pas une insulte.

Elle baissa les yeux vers leurs mains jointes avant de répondre :

— Tu voulais faire tes preuves auprès de l'élite qui te méprisait mais tu admets toi-même aujourd'hui que tu ne te soucies plus de ce que pensent tes vieux ennemis. Je pense que la personne que tu essayes vraiment de convaincre, et d'épater, c'est toi. Je me demande juste si tu seras un jour satisfait.

Était-il possible que Gisèle ait raison ?

Pendant des années, il s'était donné un mal fou pour prouver sa valeur. Sa famille ne cessait de lui dire de se détendre et de profiter des fruits de son succès. Pourtant, ce n'était qu'aujourd'hui, avec Gisèle, qu'il s'accordait un peu de répit dans sa quête effrénée de la gloire.

S'était-il servi de ses blessures du passé comme excuse pour nourrir son ego ?

Une main douce se posa soudain sur sa joue.

— Qu'as-tu à me répondre ?

— Je… Tu me donnes à réfléchir.

Et si la pression qu'il se mettait, et les attentes élevées qu'il avait à l'égard de ses employés, étaient dues à sa crainte que son succès ne dure pas ?

Gisèle lui avait-elle pardonné ses actes ? Ils avaient conclu une trêve basée sur un besoin mutuel mais était-ce suffisant pour maintenir la relation qu'il souhaitait ?

— Parle-moi de Julien, lui demanda-t-il soudain.

Il était temps d'être totalement honnête, il ne voulait plus aucun secret entre eux.

— Il est malade ?

Lors de leur mariage, il avait trouvé son frère fatigué.

La sentant se raidir à côté de lui, il serra sa main dans la sienne.

— Tu peux me faire confiance, ma chérie.

Elle acquiesça et la pression qui pesait sur sa poitrine se relâcha peu à peu. Gisèle était enfin prête à lui parler.

— Il y a quelques mois, il est tombé gravement malade et... Le pronostic n'était pas bon. Heureusement, il a bien réagi au traitement et nous avons aujourd'hui bon espoir qu'il s'en sorte.

— Je suis content qu'il aille mieux.

Il caressa sa main avant de reprendre :

— C'est pour cette raison que tu l'as remplacé à la tête de l'entreprise ?

Il s'en voulait de ne pas avoir deviné plus tôt. Il s'était brièvement demandé si une dépression n'était pas à l'origine du retrait de Julien et puis il s'était convaincu que ses raisons étaient plus frivoles, imaginant que le frère et la sœur avaient hérité de l'entreprise sans avoir les compétences nécessaires pour la gérer... Il était vraiment le dernier des idiots.

— Je n'étais pas vraiment P-DG. L'entreprise était gérée par des cadres qui sont partis, depuis.

— Parce que leurs erreurs ont failli détruire la Maison Fontaine.

La nausée le gagna.

— Ils vous ont laissés tous les deux dans de sacrés beaux draps.

— Pas seulement nous mais aussi tous nos employés.

Savoir dans quelle situation Julien et Gisèle s'étaient retrouvés le rendait malade. Puis il avait fait irruption, exigeant non seulement la compagnie, mais aussi elle... Aurait-il agi de la même façon, s'il l'avait su ?

— Est-ce pour cacher la vérité à Julien que tu as voulu faire croire au monde entier que nous étions amoureux ?

— Bien sûr. S'il avait su la vérité, il m'aurait ordonné de laisser tomber, or je ne pouvais pas renoncer. Je pensais que perdre l'entreprise le tuerait.

Ému, il l'attira vers lui.

— Tu étais prête à tout pour qu'il reste dans l'entreprise.

Y compris épouser un inconnu.

Sa bouche s'emplit d'un goût de bile. Et lui qui croyait que Gisèle n'avait pas rompu le contrat parce qu'elle le désirait... Découvrir l'énormité du sacrifice qu'elle avait fait pour Julien lui faisait l'effet d'un douloureux coup de poignard en plein cœur. Il s'était conduit avec égoïsme alors qu'elle, elle avait fait preuve de la plus incroyable générosité.

À sa grande surprise, elle se blottit contre lui et posa la tête sur sa poitrine, comme si elle avait oublié qu'il était l'homme qui avait menacé de leur arracher l'entreprise.

Incrédule, il la serra contre son cœur. L'évolution de leur relation lui donnait de l'espoir. Il ferait tout ce qu'il fallait pour la rendre heureuse. Il se rattraperait, il s'en faisait la promesse.

— Tout va bien, murmura-t-il en la berçant doucement. Julien va s'en sortir.

L'amour qu'elle portait à son frère l'émouvait.

— Sa santé s'améliore doucement mais je ne peux pas m'empêcher de m'inquiéter.

Ces dernières semaines, elle n'avait pas beaucoup vu son frère. À cause de lui, encore une fois.

— Veux-tu lui rendre visite ou préfères-tu l'inviter ici ?

— Tu serais d'accord pour qu'il vienne ici ?

Il était prêt à tout si sa femme avait besoin du soutien de son frère.

— Nous aurons tout le temps de nous retrouver seuls plus tard. Si j'avais su que Julien était malade, je n'aurais pas autant monopolisé ton temps.

— Ne t'inquiète pas, nous nous appelons régulièrement. En plus, il préfère être seul pour se reconstruire.

Julien, tout comme Gisèle, tenait à sa vie privée.

— Malgré tout, je suis sûr qu'il aimerait passer du temps avec toi, alors pourquoi ne pas l'appeler tout de suite ?

Ils demeurèrent dix jours au château.

Gisèle rendait régulièrement visite à Julien. À la troisième visite, elle avait insisté pour qu'il l'accompagne, sans doute pour rassurer son frère sur l'homme qu'elle avait épousé. Le jour du mariage, il n'avait en effet pas manqué de ressentir les ondes négatives de son beau-frère.

La visite s'était bien passée. Depuis le mariage, Julien avait repris des couleurs et leur relation s'était réchauffée.

Gisèle avait raison, son frère connaissait son métier. Il serait un véritable atout lorsqu'il reprendrait son poste au sein de l'équipe de direction.

Cette visite avait également été intéressante en raison de la présence de l'amie de Julien, Noémie, une jolie femme au grand cœur qui, manifestement, l'estimait beaucoup. Ils s'étaient rencontrés alors qu'il était soigné à l'hôpital, tout comme la fille de Noémie, qui était aujourd'hui guérie.

Était-ce la présence de Noémie qui avait facilité leur rencontre ? Ou bien le fait que Gisèle n'était plus aussi tendue qu'avant le mariage ?

Le désir qu'il avait ressenti la première fois qu'il l'avait vue ne s'était pas atténué. Au contraire, il avait grandi et aujourd'hui, il était prêt à tout pour faire son bonheur. Épouser Gisèle Fontaine avait été la meilleure décision de toute sa vie.

Un mois plus tard, sa vie obéissait à une nouvelle routine. Le matin, il allait courir avec Gisèle, s'ils n'étaient pas trop fatigués après leurs ébats matinaux. Ils partageaient ensuite un bon petit déjeuner avant qu'elle ne parte pour son bureau tandis qu'il travaillait à la maison.

Après leur discussion, il avait sérieusement réfléchi et avait dû admettre que sa quête incessante du succès était futile ; alors depuis, il prenait le temps d'apprécier le moment présent.

Pour l'instant, ils vivaient dans la villa du cap Ferrat mais il avait déniché une maison qu'il avait envie de lui faire visiter. Elle était située dans les collines, près des locaux de la Maison Fontaine, et offrait une vue magnifique sur la mer.

La perspective de ce déménagement l'enthousiasmait. Si la maison plaisait à Gisèle, il la montrerait aussi à sa mère. Celle-ci s'était en effet arrêtée sur la Côte d'Azur pour leur rendre visite avant de rentrer en Australie.

— Je suis si heureuse pour vous deux, se réjouit celle-ci lorsqu'ils se retrouvèrent seuls. Au début, j'avoue avoir eu des doutes, vous vous êtes mariés si vite... Et puis, le jour du mariage, Gisèle semblait tellement distante... Aujourd'hui, vous voir heureux me fait chaud au cœur.

— Nous sommes très heureux.

C'était la vérité. La vie avec Gisèle surpassait tout ce qu'il avait imaginé. Chaque jour, il avait l'impression qu'ils se comprenaient mieux et s'appréciaient davantage.

Au début, il se laissait gouverner par sa libido et son esprit d'entreprise. Aujourd'hui, leur relation allait bien au-delà du sexe et du travail. Avec Gisèle, il pouvait enfin être lui-même.

— Je le vois bien, répondit sa mère. J'observe ton expression quand tu regardes Gisèle et elle me rappelle tellement ton père. Vous êtes profondément amoureux, cela saute aux yeux.

Amoureux ? Il n'avait jamais été amoureux. Parce qu'il s'était concentré sur sa carrière, il n'avait pas eu le temps d'entretenir de véritables relations, il s'était contenté d'aventures de quelques soirs. Jusqu'à Gisèle.

Oui, il lui était profondément attaché, mais ressentait-il de l'amour ? Quant à l'amour qu'elle lui portait... L'idée était très séduisante. À cette pensée, son pouls s'emballa et un délicieux frisson d'excitation parcourut son dos.

— Je suis heureuse de voir que tu as enfin trouvé quelqu'un capable de te distraire de ton travail.

— Il n'y a rien de mal à travailler

— Il n'y a pas que le travail dans la vie !

Sa mère se leva du canapé.

— Bon, j'y vais, mon taxi m'attend. Je dois retrouver Gisèle pour qu'elle m'aide à choisir une tenue pour le mariage de ta cousine.

Le fait qu'il laisse sa mère prendre un taxi était une preuve supplémentaire qu'il avait changé. Jusqu'à présent, il avait toujours insisté pour la conduire partout. Aujourd'hui, les affaires ne parvenaient plus à retenir son attention.

Il prit une profonde inspiration et commença à arpenter le salon en repensant aux mots prononcés par sa mère.

Des images envahirent son esprit, Gisèle en sueur après leur course matinale. Gisèle se mordillant la lèvre en réfléchissant à un rapport qu'elle avait rapporté à la maison. Gisèle dans ses bras, l'étreignant alors qu'il lui faisait toucher les étoiles... Tout à coup, son cœur battait si fort dans sa poitrine qu'il avait l'impression qu'il allait exploser.

Plus le temps passait, plus il envisageait de fonder une famille avec elle, de vieillir avec elle.

Rêveur, il demeura immobile.

Il l'aimait. Oui, il l'aimait, et il l'aimait depuis longtemps. Et elle, que ressentait-elle pour lui ? Était-il possible qu'elle l'aime également ?

Il s'était très mal conduit avec elle. Avant même de la rencontrer, il la désirait et avait tout fait pour l'avoir, jusqu'à profiter des circonstances.

Consterné, il se laissa tomber dans son fauteuil.

Il s'était répété jusqu'à s'en convaincre que, puisqu'elle était heureuse maintenant, le passé n'avait plus d'importance.

Il aimait cette femme et il voulait qu'elle l'aime aussi, mais comment pouvait-il parvenir à ce but alors qu'il s'était servi d'elle au moment où elle était le plus vulnérable ?

Leur relation était fondée sur ses exigences à lui, et non sur des sentiments réciproques.

Après réflexion, il n'était pas un héros capable de redresser des entreprises en faillite. Il ne valait pas mieux que ces gens riches et arrogants qu'il détestait.

Il se dégoûtait.

Il avait blessé Gisèle et il était temps pour lui de se racheter. D'ailleurs, il savait exactement ce qu'il devait faire. Sa seule crainte, c'était qu'une fois que Gisèle serait libre de choisir, elle ne le choisisse plus.

Jamais il n'avait été aussi terrifié de toute sa vie.

14

— Gigi, Adam est-il là ? Je n'arrive pas à le joindre.

Le téléphone coincé contre son épaule, Gisèle sortit les ingrédients pour la salade.

— Il est aux États-Unis, probablement en réunion.

Elle s'était tellement habituée à ce qu'Adam gère son empire depuis la maison qu'elle avait été surprise, et un peu déçue, lorsqu'il s'était envolé pour New York.

Il lui manquait, c'était la première fois qu'ils étaient séparés depuis leur mariage mais le principal problème, c'était qu'il n'était plus lui-même. Depuis une semaine, il était préoccupé, très différent de l'amant confiant auquel elle s'était habituée.

— T'a-t-il parlé de l'entreprise, récemment ?

Quelque chose dans la voix de son frère la poussa à poser ses tomates et à lui accorder toute son attention.

— Y a-t-il un problème ?

Les premiers changements qu'avait apportés Adam commençaient pourtant à porter leurs fruits.

— Laurent vient de m'appeler. Es-tu au courant ?

L'avocat de la famille avait appelé Julien ?

— Qu'est-ce qui ne va pas ?

— Rien. Il m'a même annoncé une bonne nouvelle, du moins si elle est confirmée.

— Arrête avec tes devinettes, s'il te plaît, et dis-moi tout.

— Si Laurent a raison, et c'est ce que je voulais vérifier avec toi,

Adam a l'intention de démissionner du poste de P-DG et de nous rendre l'entreprise.

— Il a l'intention de démissionner…

Incrédule, elle s'appuya sur le comptoir.

— C'est impossible, Adam a beaucoup investi.

— D'après Laurent, il n'exige aucune compensation.

Un frisson glacial glissa le long de son dos.

— Je ne comprends pas, Adam a de grands projets pour la Maison Fontaine.

Pourtant, ces derniers temps, il semblait préoccupé par d'autres affaires. Cherchait-il un nouveau défi ?

— C'est ce que je pensais moi aussi, reprit Julien, mais peut-être la société d'ingénierie américaine avec laquelle il négocie l'intéresse-t-elle davantage que les parfums.

Julien avait raison. Une entreprise de travaux publics correspondait davantage à Adam. Était-il possible qu'il se soit déjà lassé de la Maison Fontaine ?

Le vertige la saisit. Adam avait payé une fortune pour la Maison Fontaine. Il ne pouvait pas y renoncer aussi vite.

— Lorsque tu parleras à Adam, peux-tu voir ce qu'il en est ?

— Bien sûr.

Le problème, c'était qu'elle avait du mal à le joindre. Son emploi du temps était-il si chargé qu'il n'ait plus le temps de lui parler ? Ou bien l'évitait-il ?

Et elle qui était persuadée que leur mariage blanc n'était plus aussi blanc, qu'Adam était l'homme qu'elle désirait, non seulement au lit mais aussi dans sa vie… Jamais elle ne s'était attendue à éprouver de tels sentiments à l'égard d'un homme.

Elle respectait son intelligence et admirait sa capacité à transformer une entreprise en difficulté en une aventure passionnante. Mais elle adulait encore plus l'homme qui se cachait derrière le magnat, l'homme qui l'avait réveillée, qui lui avait donné l'impression d'être désirée, voire chérie.

Il rendait sa vie tellement belle qu'elle s'était mise à espérer qu'un jour, il pourrait l'aimer. De son côté, elle avait l'impression d'être déjà tombée amoureuse de lui, une idée ravissante et terrifiante à la fois.

Partout où il allait, Adam attirait les regards. Il s'intéressait à tout et à tous. Un homme aussi réfléchi et aussi bon laisserait-il tomber la Maison Fontaine après seulement quelques mois ? Et qu'en était-il de leur relation ?

Malheureusement, elle dut attendre vingt-quatre heures avant d'obtenir des réponses à ses questions. Elle était sous la douche lorsque Adam l'appela ; et lorsqu'elle lui téléphona, il était en réunion. Ensuite, elle fit tomber son portable, le cassa, et dut attendre le lendemain pour en obtenir un nouveau.

Incapable de rester sans rien faire, elle décida de travailler à la maison et donna congé au personnel de la villa.

Lorsque la porte d'entrée s'ouvrit quelques heures plus tard, et que des pas lourds résonnèrent dans le foyer, son sang se mit à pétiller. Adam... Elle ne l'attendait pas avant demain mais était capable de reconnaître sa démarche entre mille.

— Je suis sur la terrasse, lui cria-t-elle.

— Gisèle ? Pourquoi n'es-tu pas au travail ?

Son inquiétude calma instantanément ses angoisses, du moins jusqu'à ce qu'il la rejoigne. Au lieu de l'attirer dans ses bras, il se contenta de déposer un baiser sur son front.

— Je travaille à la maison aujourd'hui. Tout va bien ? Ta négociation progresse ?

— Le contrat est signé.

Malgré cette bonne nouvelle, il n'avait pas l'air heureux lorsqu'il s'installa sur une chaise de l'autre côté de la table.

Normalement, ils auraient dû être dans les bras l'un de l'autre, en train de s'embrasser... Hélas, il gardait ses distances et ne la regardait pas dans les yeux.

— Quel que soit ce que tu as à m'annoncer, dis-le-moi. Ne m'oblige pas à deviner ce qui ne va pas, s'il te plaît.

Ses prunelles d'un vert profond rencontrèrent les siennes

et, instantanément, une étincelle familière s'alluma dans son sang. Hélas, il ne donnait aucune indication que le sentiment était réciproque. Se pourrait-il qu'elle n'ait été qu'une distraction passagère ? Elle était pourtant tellement sûre qu'ils partageaient un lien unique et fort.

— As-tu l'intention de te débarrasser de Fontaine ?

Pour toute réponse, il poussa un juron.

— Tu ne penses pas que j'ai le droit de savoir que tu vas quitter l'entreprise ?

— J'avais l'intention de te l'annoncer moi-même.

Il passa une main lasse dans ses cheveux avant de soupirer.

— Je vous rends la société, à toi et à Julien. L'entreprise Fontaine sera gérée par la famille, comme elle l'a toujours été.

À ces mots, une vive douleur lui transperça la poitrine. C'était donc vrai... Adam était en train de se débarrasser de la société qu'il avait mis tant d'effort à acquérir. Elle ferma les yeux et s'accrocha à la table. Elle avait le vertige.

— Et nous ?

— Ne t'inquiète pas, je ne remets pas en cause mes investissements. Julien et toi ne me devez rien.

Sa douleur se fit encore plus vive. Lorsqu'elle avait parlé de « nous », elle faisait référence à leur couple tandis que lui avait d'abord pensé à l'entreprise.

Elle se redressa brusquement pour dissimuler sa détresse.

— Est-ce une décision commerciale pertinente ?

— C'est ma décision, je sais ce que je fais.

Et voilà, l'impitoyable homme d'affaires milliardaire qui menait sa barque sans penser aux conséquences était de retour. L'amant généreux et passionné qui avait changé son monde n'était-il qu'un mirage ? Maintenant que l'entreprise ne l'intéressait plus, Adam avait-il décidé qu'il n'avait plus besoin d'elle ? N'avait-elle été qu'une clause dans un contrat ?

Elle se leva d'un bond et s'éloigna. Impossible d'en entendre plus, elle avait trop mal. Après quelques mètres, elle s'arrêta cependant. Elle avait besoin d'en avoir le cœur net.

— Tu te concentres donc désormais sur les États-Unis.

— C'est exact.

Pourquoi ? Pourquoi abandonner le projet français après avoir fourni tant d'efforts et avoir tant investi ?

— Et notre mariage ? Est-il fini lui aussi ?

Il bougea sur sa chaise mais ne s'approcha pas.

— Si tu le désires, répondit-il.

Sa vision se brouilla et sa tête se mit à tourner. Si elle le désirait ? Mais lui, que souhaitait-il ?

— Tu veux aller voir si l'herbe est plus verte ailleurs ?

Sous le choc, elle ferma les yeux. Jamais elle n'avait eu aussi mal.

— Ce que je désire, c'est que tu sois heureuse.

— Merci d'être aussi prévenant.

— Ne me remercie pas, pas après la façon dont je t'ai traitée.

— Tu parles plutôt de la façon dont tu me traites maintenant, non ?

Tremblante, elle se retourna, un rire nerveux s'échappant de sa gorge. L'amertume qui la consumait était irrépressible.

— Tu as trouvé une femme pour me remplacer ?

Ses mains puissantes se refermèrent sur ses épaules et, lentement, elle releva la tête et le dévisagea. Il semblait aussi malheureux qu'elle.

— Il n'y a personne d'autre, Gisèle. Il n'y a que toi.

— Tu dis cela et pourtant, tu cherches à te débarrasser de moi, tout comme tu veux te défaire de l'entreprise.

— Tu ne comprends pas, je n'ai pas le choix. C'est la seule solution pour réparer mes erreurs.

Son emprise se relâcha et ses mains glissèrent vers son dos.

— Je t'ai mal traitée, alors j'essaie juste de me rattraper.

— Tu m'embrouilles, Adam. Que se passe-t-il ?

Il esquissa un sourire triste avant de lui répondre :

— Je t'ai désirée dès que je t'ai vue, tu le sais bien.

Son cœur s'emballa mais elle se força à l'écouter.

— Je n'ai jamais fait cela avant, forcer une femme... J'ai eu un comportement impardonnable. Quand j'ai découvert que tu étais vierge et que tu avais été abusée, je me suis senti tellement coupable que je ne pouvais plus te regarder en face. Je suis néanmoins revenu pour le mariage parce que je devais t'avoir.

Ils étaient si près l'un de l'autre qu'elle n'avait d'autre choix que d'appuyer ses paumes sur son torse. À travers sa chemise, elle sentait le martèlement rapide de son cœur, aussi rapide que le sien.

— Je pensais que tu aurais rompu le contrat, si tu n'avais pas envie de m'épouser. Mon ego me répétait que tu m'aimais bien et que tu me désirais, jusqu'à ce que je comprenne que tu n'avais accepté le mariage que pour Julien. Hélas, même à ce moment-là, je n'ai pas eu le courage de te libérer.

Perplexe, elle fronça les sourcils. Il n'avait pas l'air de vouloir la libérer, ce soir. Peu à peu, l'espoir la gagna.

— Qu'est-ce qui a changé ?

Il riva son regard au sien et elle se noya dans ses prunelles.

— J'ai compris que je t'aime, tout simplement.

Était-elle en train de rêver ?

— Je ferai tout ce qu'il faut pour te rendre heureuse et me racheter, reprit-il d'une voix émue. M'excuser ne suffit pas. J'ai besoin de certitudes et pour cela, je dois te rendre le pouvoir que je t'ai volé afin que tu puisses avoir le choix.

Sous le choc, elle repensa aux mots qu'il venait de prononcer. Il tenait à elle. Il l'aimait et il essayait de réparer ses erreurs.

Il n'y avait qu'Adam pour réparer ses erreurs par un geste d'une telle générosité ! Avec lui, tout était magnifié, l'ampleur de son ambition, la profondeur des sentiments qu'il suscitait chez elle, la magie de son amour, sa détermination, son charisme. Et même sa culpabilité.

Sa poitrine se serra à mesure que la vérité s'imposait à elle et, émue, elle se lova contre son envoûtante chaleur.

— Tu nous redonnes, à Julien et à moi, la Maison Fontaine pour que je sois libre de choisir si je désire être avec toi ?

Pour toute réponse, il hocha la tête.

— Je t'aime, Gisèle. Je veux que tu me choisisses et je veux être digne de toi, rien d'autre ne compte.

Pendant un instant, elle savoura ses mots avant qu'une dernière question ne l'envahisse.

— Ce n'est pas parce que tu as perdu tout intérêt dans…

— Si tu me dis de partir, je partirai, mais ne pense jamais que tu ne m'intéresses plus. J'essaie juste d'être un homme meilleur, plus respectueux. Plus aimant.

Elle inspira profondément. Jamais ses émotions n'avaient été aussi intenses.

— Et si je décide de rester ?

L'éclat soudain de ses yeux lui donna la réponse dont elle avait besoin. Elle pressa un doigt sur ses lèvres pour l'empêcher de parler. Elle n'avait aucun intérêt à prolonger son supplice et elle en avait assez d'essayer de contenir ses sentiments. Elle s'était retenue toute sa vie et aujourd'hui, elle voulait libérer ses émotions. Elle voulait se libérer.

— Tu ne fais jamais les choses à moitié, n'est-ce pas ? Tu as fait irruption dans mon monde et tu t'es comporté de manière scandaleuse. Tu m'as poussée mais d'une certaine manière, je ne me suis jamais sentie aussi forte que lorsque je te repoussais. Et puis, j'ai appris à te connaître, et je suis tombée amoureuse. Je t'aime, Adam Wilde, de tout mon cœur, et j'ai envie que nous construisions une vie ensemble.

Venait-elle vraiment de prononcer ces mots ? Elle n'en revenait pas.

— J'ai toujours cru que je ne pourrais jamais aimer. Aujourd'hui, j'ai compris que l'amour n'est pas un choix.

— Tu m'aimes vraiment ? Et tu acceptes de me pardonner ?

— Comme tu l'as astucieusement souligné, je me suis présentée au mariage. J'aurais pu partir mais je ne l'ai pas fait. Ce jour-là, je ne pensais pas à la Maison Fontaine mais à toi, l'homme merveilleux avec lequel je veux vivre pour toujours.

Ses bras puissants la soulevèrent, sa bouche se plaqua sur la sienne, pleine de tendresse et de la douce promesse de l'amour, et elle s'abandonna.

— Ma précieuse Gisèle...

Tout ce qu'elle n'avait jamais osé espérer se trouvait dans ces trois mots, la tendresse, l'amour, et le respect.

— Mon exigeant et merveilleux Adam. Je n'arrive pas à croire que tu m'aimes. C'est un miracle !

— Tu veux des preuves ? Je peux t'en donner, si tu veux.

Elle éclata de rire et lui adressa un clin d'œil.

— Il faudra peut-être un certain temps pour me convaincre. Quelques jours ou quelques semaines...

Sa voix tremblait mais sa main experte ne trembla pas lorsqu'il attrapa la fermeture Eclair de sa robe et la fit glisser.

— Que dirais-tu d'une vie entière

— Comment résister à une telle proposition ?

Épilogue

— Je n'aurais jamais cru pouvoir le dire, Adam, mais ton arrivée dans notre vie a été une véritable bénédiction.

Ému, Adam se tourna vers son beau-frère.

— Tu m'aimes bien ? Je n'arrive pas à y croire.

— Je t'apprécie depuis longtemps. Avant de te le montrer, je devais juste m'assurer que tu rendrais ma sœur heureuse.

Il se retourna pour admirer Gisèle, en grande conversation avec quelques invités. Elle portait une superbe robe bleu pâle, assortie à ses yeux et à son délicat collier de diamants.

Elle était si belle, qu'elle lui coupait le souffle.

Comme si elle était consciente de son attention, son regard rencontra le sien et sa main se porta sur le collier qu'il lui avait offert une heure plus tôt.

— Vous êtes très amoureux.

Adam haussa un sourcil et suivit le regard de Julien qui se dirigea vers la jeune femme brune qui parlait à sa mère. Au même instant, Noémie tourna la tête et sourit à son beau-frère.

— Parce que toi, tu n'es pas amoureux ?

— Ce n'est pas si simple. Je suis guéri mais demander à une femme de s'engager à long terme, c'est difficile.

— Gisèle a conseillé à Noémie de te quitter si tu ne t'engageais pas rapidement. Heureusement pour toi, ta petite amie a refusé, insistant sur le fait que tu avais besoin de temps. Alors, combien de temps vas-tu patienter ? Tu as vu la façon dont ce nouveau publicitaire la dévore du regard ? Si tu veux mon avis, tu ne devrais pas attendre trop longtemps.

La menace suffit à pousser Julien à passer à l'action.

— Merci, Adam. Tu es comme un frère, pour moi.

Ces mots lui firent chaud au cœur. Depuis un an qu'ils travaillaient ensemble, ils étaient devenus très proches.

— Qu'est-ce que tu fabriques ? chuchota soudain une voix familière dans le creux de son oreille.

Il embrassa Gisèle sur la joue.

— Je pousse ton frère à agir.

— Bonne idée !

Il caressa la gorge de Gisèle puis laissa sa main glisser jusqu'à son ventre. Son excitation monta aussitôt d'un cran.

— Veux-tu leur annoncer ce soir ?

Elle le regarda dans les yeux et, sous le charme, il plongea dans la profondeur éclatante de ses prunelles.

— Je préférerais garder le secret encore quelques jours ?

— Comme tu veux, ma chérie.

Il avait envie de crier la bonne nouvelle au monde entier, mais la partager avec la femme qui représentait tout pour lui lui réchauffait le cœur.

— Je t'aime, mon amour. Te l'ai-je déjà dit ?

— Fréquemment, et je t'aime moi aussi.

Quand elle le regardait ainsi, il ne pouvait pas résister à la tentation, elle l'ensorcelait. Sa bouche rencontra la sienne et ils s'embrassèrent avec toute la tendresse et la passion qui caractérisaient leur mariage.

Il rompit le baiser en s'apercevant que tout à coup, le brouhaha des conversations s'était calmé. Sa mère et sa sœur, ainsi que Julien et Noémie, les fixaient.

Il s'apprêtait à décoller sa paume du ventre plat de Gisèle lorsqu'elle posa sa main sur la sienne.

— On dirait que notre secret est éventé.

— Cela ne te dérange pas ?

Elle lui adressa un sourire séducteur qui le fit chavirer.

— Pas du tout, je suis la femme la plus heureuse du monde.

Il porta sa main délicate à sa bouche et l'embrassa, s'enivrant de son parfum de fleur d'oranger.

— Et moi, je suis l'homme le plus heureux du monde.